杨炼创作总集
1978—2015 卷六

月蚀的七个半夜
散文集

华东师范大学出版社

华东师范大学出版社六点分社 策划

总序：一首人生和思想的小长诗

"小长诗"，是一个新词。我记得，在2012年创始的北京文艺网国际华文诗歌奖投稿论坛上，蜂拥而至的新人新作中，这个词曾令我眼前一亮。为什么？仅仅因为它在诸多诗歌体裁间，又添加了一个种类？不，其中含量，远比一个文体概念丰厚得多。仔细想想，"小——长诗"，这不正是对我自己和我们这一代诗人的最佳称谓？一个诗人，写作三十余年，作品再多也是"小"的。但同时，这三十余年，中国和世界，从"文革"式的冷战加赤贫，到全球化的金钱喧嚣，其沧桑变迁的幅度深度，除"长诗"一词何以命名？由是，至少在这里，我不得不感谢网络时代，它没有改变我的写作，却以一个命名，让我的人生和思想得以聚焦："小长诗"，我铆定其中，始终续写着同一首作品！

九卷本《杨炼创作总集1978—2015》，就是这个意义上的"一部"作品。1978年，北京街头，我们瘦削、年轻、理想十足又野心勃勃，一句"用自己的语言书写自己的感觉"，划定了非诗和诗的界碑。整个八十年代,反思的能量,从现实追问进历史,再穿透文化和语言,归结为每个人质疑自身的自觉。这让我在九十年代至今的环球漂泊中,敢于杜撰和使用"中国思想词典"一词,因为这词典就在我自己身上。这词典与其他文化的碰撞,构成一种思想坐标系,让急剧深化的全球精神困境,内在于每个人的"小长诗",且验证其思想、美学质量是否真正有效。站在2015年这个临时终点上,我在回顾和审视,并一再以"手稿"一词传递某种信息,但愿读者有此心力目力,能透过我不断的诗意变形,辨认出一个中文诗人,以全球语境,验证着中国文化现代转型的总主题:"独立思考为体,古今中外为用"。绕过多少弯路,落点竟如此切近。一个简洁的句子,就浓缩、涵盖了我们激荡的一生。

我说过:我曾离散于中国,却从未离散于中文。三十多年,作家身在何处并不重要,重要的是作品——以自身为"根",主动汲取一切资源,生成自己的创作。这里的九卷作品,有一个完整结构:第一卷《海边的孩子》,收录几部我从未正式出版的(但却对成长极为必要的)早期作品。第二卷《𐰇》(一个我的自造字,用作写作五年的长诗标题),副标题"中国手稿",收录我1988年出国前的满意之作。第三卷《大海停止之处》,副标题"南太平洋手稿",收录我几部1988—1993年在南太平洋澳大利亚和新西兰的诗作,中国经验与漂泊经验渐渐汇合。第四至五卷《同心圆》、《叙事诗——空间七殇》,副标题"欧洲手稿(上、下)",收录

1994年之后我定居伦敦、柏林至今的诗作，姑且称为"成熟的"作品。第六卷散文集《月蚀的七个半夜》，汇集我纯文学创作（以有别于时下流行的拉杂"散文"）意义上的散文作品，有意识承继始于先秦的中文散文传统。第七卷思想、文论选《雁对我说》，精选我的思想、文学论文，应对作品之提问。第八卷中文对话、访谈选辑《一座向下修建的塔》，展示我和其他中文作家、艺术家思想切磋的成果。第九卷国际对话集和译诗集《仲夏灯之夜塔》，收入我历年来与国际作家的对话（《唯一的母语》），和我翻译的世界各国诗人之作（《仲夏灯之夜塔》），展开当代中文诗的国际文本关系，探索全球化语境中当代杰作的判断标准。

如果要为这九卷本"总集"确定一个主题，我愿意借用对自传体长诗《叙事诗》的描述：大历史缠结个人命运，个人内心构成历史的深度。这首小长诗中，诗作、散文、论文，三足鼎立，对话互补，自圆其说。一座建筑，兼具象牙塔和堡垒双重功能，既自足又开放，不停"眺望自己出海"，去深化这个人生和思想的艺术项目。1978—2015，三十七年，我看着自己，不仅写进、更渐渐活进屈原、奥维德、杜甫、但丁们那个"传统"——"诗意的他者"的传统，这里的"诗意"，一曰主动，二曰全方位，世界上只有一个大海，谁有能力创造内心的他者之旅，谁就是诗人。

时间是一种X光，回眸一瞥，才透视出一个历程的真价值（或无价值）。我的全部诗学，说来如是简单：必须把每首诗作为最后一首诗来写；必须在每个诗句中全力以赴；必须用每个字绝地反击。

那么，"总集"是否意味着结束？当然不。小长诗虽然小，但精彩更在其长。2015年，我的花甲之年，但除了诗这个"本命"，"年"有什么意义？我的时间，都输入这个文本的、智力的空间，转化成了它的质量。这个化学变化，仍将继续。我们最终能走多远？这就像问，中国文化现代转型那首史诗能有多深。我只能答，那是无尽的。此刻，一如当年：人生——日日水穷处，诗——字字云起时。

杨　炼

2014年12月2日于汕头大学旅次

目 录

鬼话 1

为什么一定是散文——《鬼话》自序 3

哭忘书——和米兰·昆德拉 8

空居 12

鬼话 15

日蚀 21

一个人的城市 27

抽象的游记 33

其实往往是一个题目的联想 38

画室 43

祭品 48

遗作 56

半个幽灵 58

猫科 60

失传的国度 62

食肉的笔记　68

地下室与河　74

月蚀的七个半夜　87

渡过之年　89

十意象　92

那些一　135

骨灰瓮　159

月蚀的七个半夜　187

附录：杨炼创作及出版年表　237

鬼话

为什么一定是散文
——《鬼话》自序

《鬼话》的写作,始于一次死亡。

但我不知,是哪一次?

一九八八年,我到国外朗诵我的诗,陌生的听众们,常被诗中血淋淋的画面所震慑,惊惧之余,也不禁惶惑:这位中国诗人,是否天性就像一只食肉鸟,嗜好痛苦与罪恶?我无法回答这样的问题——一条深海里的鱼,怎么知道,被捕捞上岸后,令它致命的压力,是来自大海还是它自己?过了两年,当许多朋友越洋打来电话说"现在,我们懂得你的诗了",我却苦笑:"也许我现在更不懂了呢。"火,划破夜空,被摄入镜头时,并不是最炽烈的。死亡,被看见、被听清,远不如它被淡淡忽略时那样触目惊心。每年,槐花的甜香里,一定会渗出血腥。灰色的胡同、墙,早已在千百年间成熟了吸附哭声的能力。用不了多久,哭过的人们,又该嘲笑那些还笑不出来的人们。遗忘是一种静,突出了这样的死亡:连死者也没有。

但，每一个生者却使鬼魂成为必然了。在一种以麻痹的形式加强的疼痛中，肉体的毁灭，甚至还不配被称作死亡。

肖斯塔科维奇说："我的音乐就是墓碑。我把我的音乐献给他们全体。"

一个死去岁月的活的鬼魂，与一块块大陆擦肩而过。听着，越来越多的与听觉无关的外语，构成持续不断的耳鸣。一座又一座城市入夜时亮起的灯火，几乎是抽象的，而一双注视它们的眼睛更空更抽象。我在一张新西兰的松木桌子上写。窗外，天空整日移动。雪白的云，不停被撕开，狠狠掷向一座老房子行驶的相反方向。死火山兀立在粘稠的绿色中。那时，我是否已被写到了北京那张用半块玻璃黑板搭成的桌面上？窗外，高大的梧桐树，悬挂着干枯的果实。深秋，满地落叶。雨声，就同时打进两个我的相距万里的恶梦？谁，正目睹谁渐渐消失？

我说，一次死亡远远不够。

只要诗人还面对着白纸，死亡就一定是不够的。

"必须像注视海上孤帆那样注视每一个字"——我的朋友宇峰说。每一个字都是一个尽头。让我想起：在澳大利亚，悉尼，一座面对大海的悬崖，被炫目的蓝包围着。海鸥，倾斜地滑行，像一群仅仅跨出时间一步的幽灵。每一个字，是一块让你坐下的岩石。一个看海的人，比悬崖更像尽头，一旦写下，就四面临空。空白，像浪涛狠狠打进体内。这个字，有限的笔划，再次把你逼入最后的位置。象形的位置，是一个终点：汇合了从过去、从未来双向流到的时间。那沸腾的、无声的，每天加深着这个绝境。我嗅着大海的尸臭，不得不追求"现在"的绝境。一个字，一个人，移动。被移动。一动不动。尽头，本身却是无尽的，带着我们不断濒临下一个。鬼魂，不知不觉变成另一个。一次窥视蕴含一次盲目，暴露于周围雪亮的光束下。众多的死，才使一次死亡显形了。

必须以倾听鲜血运动的灵敏，倾听一次叙述。所有这一切都发生在一个句子里：死者，谋杀者，受骗者，说谎者，被忘却的，遗忘的，被篡改的，改动的，遭放逐的，从来在放逐中的，以辞为面具的，摘掉面具连脸也不剩的……假如语言也会疼痛的话，一定比肉体的疼痛更持久。我该说：更超越？于是沉沦到更深处？鬼魂的话，比"未知"更残酷，总是说"知道"。你知道你至少得死两次：在现实里和在文字里。因此，用文字预先创造自己现实的死：一个句子中的日子，双重展示出互为内涵的可怕结构。你只能这样使用语言：密集的，抽搐的，像你的处境。说，那不可能说出的。同样的姿势、脚步，走进这一天，又走出这一天。岁月，压抑在字里行间，是不是总共只有一天？一天中就发生了五年（道路的日子）、五千年（陶罐上粗陋符号的日子）？言辞，狂暴地展示着一个被无数街道、城市和国度折磨的经历，高达彻底的沉寂。那，所有人在其中彻底被失去的现实。

必须，成为"最高的虚构"——史蒂文斯说。写作，就是以死亡的方式去生活。走了那么远，仅仅是一次返回：无尽地返回自己脚下。世界，就如此诡谲地以每个人的内心为死后。不是我所写出的，而是我在写，使我被写进两个封面之外。一本翻开的书永远是一只鸟飞走的幻象。一场内心的大雪，永远紧紧把行人裹住、变白。在柏林动物园的冬夜，自山羊们的叫声听出一片嚎哭。像你用你的母语在嚎哭。那时，我知道，这本书的主题，仅仅是死亡和想象。生存，不多不少只是被白纸回忆起来的，被辞句徒劳打捞的。我是说，仍然抵达不了的？哈德逊河、布鲁克林的地下室，野猫（总像眼角瞥见的黑色怪鸟），和渐渐挤压进肉里的水泥，都是想象，所以都让一具躯体狠狠难堪了。命中注定，一个日常的细节，得逼你承认：现在，是最遥远的。一本关于死亡的书同时关于一本书的死亡。被害的仪式，超现实到现实本身的程度。

一定是散文。

散文之外的远远不够。

死亡的形而上学，要求用一种贯穿千年的体裁写作。千年，因为我，再次在白骨上刻满方块字，从每具躯体中出土。一个作者，就成为埋在自己身上的历史的读者。这是一种清晰：把每一个个人事件，用妄想洗涤成人类的；通过逼近灾难，让眼睛所接触到的一切，直接表现为内在的。这是一种力量：来自对任何偶然遭遇背后的必然厄运的认识。几乎有意地，删除了具体倾诉的对象，却使语言重演人性的困惑，成为承受诗意的唯一对象。这是一种自由：绝对地突显不自由。以致找不到一个名字，来兼容神话、寓言、小说、自传与哲学，写实、虚构、争辩、抒发、放肆的跳跃、冒险的联想，或纯粹为一个意象所照耀……我们的一生，不就是这样一篇不断扩张的作品？

不这样就一定不够：比时间更像诺言，于是没有一个时间不被其暴露与固定；比死亡更加阴暗，以致死亡不得不脱落各种透明的外壳，在漆黑的中心结为一体；比遗忘更无质量，终将取代遗忘获得形而上的非人类的记忆;一定,在这片文字的黑夜中,有我们感官的烛火。我们的思想,类似海面上藻类的微光。我不知道,谁更黑暗些?谁能黑暗到令万物一目了然的深度?

连"我"都没有,仅仅是"你"。一本用第二人称写成的书,为什么不干脆是无人称?自己对自己里边的别人说话。自己在自己内部旅行。"你",就最不确切、最模糊,胆怯得像一个别处。你的手所指向的地方,总是空旷荒凉的。一次垂直坠落,摔入纸做的菲薄皮肤。死亡、病,不得不用一个肉体扎根。世界,借用一个独白:没有人远远不够,超过一个人同样远远不够。

末日,是你捂住双耳听见的内脏爆炸的声音。每天一个末日,在一本书之外,不得不寂静,好拥有囊括疯狂的形式。在一本书之内,不得不疯狂,好在有的是时间去品味自己冗长的结束。从死亡开始的,是这些鬼话——

疯狂的寂静。一定存在,与你说出的一样。

哭忘书
——和米兰·昆德拉

一

你的脸渐渐模糊。你知道,得学会坐在窗口听哭声。

这世界,现在只剩一扇窗户了。闭上眼,日子一黑就漫长。你得学会自己不哭,只听别人哭,像腻透了,却还得看,一遍遍赞叹,窗外每天固定的风景。你不得不听。觉得自己正从耳朵里出来,是个窥淫者,蹑足贴近哀号的嘴,偷窥入那躯体。无血,干裂,日日如此,僵硬的风景。

二

生者围在死亡的窗外哭。

你坐在窗内,听与你无关的声音。

死亡太静,因此万物都在响。你仍然每天面对白纸,写关进四堵墙里的方块字,用字画画,在空白中,勾勒鼻孔、秃顶、嘴、脖子上一条条皱纹。你怕想:人为什么总画脸?没有脸你是谁?揭掉一层叫作脸的皮,你还找得到你吗?听别人哭,也许只有你这无人招领的肉体在哭。你从来是别人,哭一页被白纸撕去的脸。报上过时的新闻。所以你总认不出自己。而字,惯会说谎。

三

哭,除了哭还能作什么?窗口,苍蝇的眼睛很丰富,它看你时你是不是大了?多么雅致地搓手。弹跳。阳光中落下细细的灰尘。以前你从未注意这样细小的事。

你开始就忘了,树叶不是字,该学读树叶的方法,像一条蚕。后来又忘了,每片树叶像是不同的字,响声各异,并且不停被改写。你忘了,人的才能,是制造赝品。

四

每个瞬间一模一样,把你钉进一口棺材,或更简单,用轮子把睡着的你压成泥,一声不吭,红红的指纹,在夜里停留一会儿,就化了灰,都飞了。什么都不剩也是一种逃。你一直在逃,因此罪孽深重,躺在地下五尺深,从睡到醒,是怎样一种引渡?从下水道的墓里,看头上的世界,是何等高大?你知道,还得在人群中醒来,等新的末日。你活过才懂得怕了。日子像草一样赤裸,长出来。人人都猜明天,你不猜,你知道。明天在前边，你把昨天的昨天叫前天，于是一生都向回走。父母、祖先的一生在等你，用一页古老的菜谱吃掉你，你死了，也是菜谱，坐在这儿，骗不了自己。你是明天桌上的传统风味。

五

坐在窗口也得学。听，也得学。窗口在这里，但这里在哪里？多远？哀号的嘴里，你窥见自己，一幅每天固定的风景。日日如此，毫无例外地剁一块排骨。嚼，嚼，脚趾头上趾甲腥红。一会儿月亮升起来，又干又皱，像褴褛中的老头子。几千年就这么活、喘，都是你在排练。背熟的台词，还能使你兴奋。眼泪流出去，一湿，自己都暗暗心惊。

现在你知道，每句古老的话都是在说你，你开口，就住进那些词，生前，死后，都坐在这窗口，呆呆地听，一代代人变成影子。在风中，绿枝摇荡。你发现树从来有水的样子，淋漓直下，你也是水，因此永远干渴永远喝不到自己。

撕下的脸，静得若明若暗。翻过来看，一模一样，是同一张脸。脸褪色，远去，眉目之间渐渐苍茫，显出一片黄土的轮廓。

六

那就忘了罢。哭，就是忘。死亡重复得太多，若一一记得，谁还哭得出来？一切都是旧的。屠杀是旧的，杀人后撒的谎是旧的，墙上那副木脸面具，有陵墓里阴沉木棺椁的味儿。掐你喉咙的手，每天都在腐烂的草根下醒来。刀砍在脖子上，要什么解释？你被杀证明你该死。你死了，又没人承认你的死。于是每个人得死千百次，直到死者都用旧了，花完了。你看镜子，你就在那窗外，每天被掐死得更深一点儿，深得你已看不见自己，就把死者当作别人哭，那时，死，就新了。小小的天窗上，今天的雨忘了昨天的雨。死者的雨，有什么留下来？哭过以后就完了。你哭过，就安心了。为什么哭已与你无关。眼泪被雕刻，痛苦的艺术，在你脸上，成为面具的一部分，流传下去。你必须忘，为保持下一次的悲痛，也必须哭，为了忘得精美迷人。忘得彻底——哀号此起彼落，镶嵌在窗口，终于还原为风中抖动的天空。你用天空的耳朵听着，多么简单的一件事。忘了，死者终于死了。世界干干净净，似乎连哭也不曾哭过。

七

什么也不剩。黄土路越走越短了。绕过村子北面，一支披白麻的队伍，走去就不再回来。

你第一次抬棺材，才知道死者那么重，瓦盆"哐啷"碎了，哭嚎响起来。死者的头磕着木板，很近很沉闷，像对你耳语。你想他正提着你走，两脚离地地走。你腿一软，摔倒了。有人骂你。可你只听见死者一滚，骨头咚咚响，在笑你。你后来亲眼见过：掘开的古坟里没有尸骸，只有一堆纠缠的毒蛇，眯起眼，躲闪着阳光，吱吱叫。你猜那是死者心里深藏的诅咒。

空居

你把钉子一根一根钉在墙上，木板大声呻吟，你觉得子弹正钉进肉里。你看，没油漆过的木板上，木纹弯弯曲曲，像一块皮肤似地颤抖，被撕开，又涌回来，无济于事地挤住伤口。血在滴，一浸，风就蓝了，宛如这里太多的天空。

并不疼，你一下一下地砸。钉子像小动物，吱吱叫，在黑土穴下吵架。你身上也动了。一场轻微的地震。

这座老房子，站在山坡上，像挂在永远飘动的白云下飘。你远远近近地看，猜不出你们怎么会到一起。住了那么久，还在曲曲折折的楼梯上迷路。在磨破的地毯上，光着脚，埋入成百年走过的无数足迹。老房子里有的是你看不见的邻居。他们不离开，只无声，墙对墙那样看，静得让黑夜响起来。你独坐中骤然惊醒，听见屋顶漏雨了。雨冷冷地顺着你的骨头流。木板返潮发霉，卷曲如纸。你只好钉钉子，在腐烂的老钉子旁边钉。老房子活着，得感谢这些弹洞。

那时，你听见天使笑了。绿衣的天使，从墙上下来，用更尖更长的钉子，在你里边钉你。他们的子弹雪白，手也雪白。而你只能是鸟，红吻，胸脯亮蓝，被他们在对天射击时命中。你是天空，光身子的天空。烟从你脖子里指尖上冒出来，黑色粉末状的你。这天空是一片地下的沼泽。

徘徊在老房子里，你失踪了。身上凿开一口一口井，你慢慢沉下去，就丢了，不明不白地没了。皮肤渐渐明亮，流淌若水。且清澈，见了底。子弹一粒一粒躺在水波下，雪白，如卵石。

你曾在玻璃上轻轻搓死一只小蚊子，看那纤细的腿被碾碎，湿湿的，一擦，窗户明洁如故。你没听见有一声尖叫，在那条小喉咙深处，怎样哑了。也说不清，谁是凶手。一团团血肉，喂饱那群钢甲虫。把子弹磨圆了，你从小抽这个陀螺。习惯在老房子里做梦，梦见叶子，却读不懂那片绿色。梦见树林，可害怕野兽。你的梦是给别人看的。但你不能不对自己说谎，像一只桃子，不能剥掉皮鲜血淋漓地活着。对别人诅咒过那么多，你知道其实都是咒自己。你恨你超过恨一切。因此杀，慢慢杀，死过多少次，早已不知道疼。

该怎么称呼死者？死后有新的名字？还是没有了躯体也就没有了名字？你想起长春藤淹没的墓碑，家里悼亡的照片，亲人下葬时，手抄一卷诗埋入新坟，可给谁？你死后还是你吗？下雨的日子，一只柠檬在枝头变黄。你想用文字追上它，但徒劳。手掌里、指缝间点点滴滴漏满了黄色。

你连有人称的生命也抓不住，还想抓无人称的死亡？

什么也抓不住，只有一根钉子，逼近你。心一下一下地砸，墙在你躯体里响，百年的足迹在周围无声。

晴朗的日子，你站在窗口看海。水面银白如利刃，逼近你。海啸一口气就能把你吹走，或一吸，就把你合进那本蓝色的大书。你读至午夜，看见星星升起，像小钉子，你知道上帝又在修理这座人类的老房子。

鬼话

从什么时候起,你不再用"家"这个辞?说起这座东倒西歪的老房子,你总说"那儿"。你也不再说"回去","回"是什么意思?你只离开,不停地离开,越来越远。每个早晨醒来,比昨天又远一点。远处的海面,阳光下明晃晃的一片,像熔化的金属,或一道光的深渊,越裂越宽。你快看不见了,对岸那一线若灰若蓝的山。

你想说话,可没有比这更难的事了。你试试"说出"从一楼上二楼的经历?每一步、每个瞬间。脚趾带着你,走完第一节楼梯,十五级台阶,转弯,第二节七级。你说了,可辞是硬的,像梗概。楼梯上那么黑,扶手也朽了。破地毯下面有钉子。还有两个桶,塑料的,在地板中央接漏雨。灯坏了没关系,你能摸,用脚掌摸,可不能说,一说,就是辞。你不能没有辞地说。它们用小锯子把树枝树叶都锯掉,你就成了一块木料,白花花像骨头。每天上楼梯,你都会想,这就是流亡。每个台阶都得摸着走,万一踩空了,整个世界就会翻过来,压在身上。你能把每个台阶写成一整章,两层楼,写成一部人类流亡的伟大史诗。却还不是你。你说不出那个抓不住的感觉,于是谁谈论真实,你就总想笑。

你说你在逃,在这座陌生的城市里逃。从一个路口到另一个路口,那些同样读不懂的街名,与你有什么关系?从一只手到另一只手,你读一部上千页的书,与把仅有的一页翻动上千次,有什么区别?流亡者,无非沿着一条足迹的虚线,在每一个点上一动不动。比站着还痛苦,你被钉着,没那么光荣,你不动只是因为你无力移动。活埋进每天重复的日子,像你的诗,一个关于真实的谎言。从什么时候起,辞像陈年的漆皮一样,酥了,碎了,掉下来。你不说,才听清那个恐怖的声音——又过了一天!

活,仅仅为了活,可活是为什么?这里很美丽的海、云,把你困入一个透明的圆瓶子。水湍急地在你头上、脚下转,摸不着地转,涮洗你的脑子。这样,你学会看天空了,整上午地看,天空的各种图案。老房子够高,高得不做梦。你被溺死在海底。一只沉船,有千疮百孔的骸骨,沉到底就打破轮回了。死后的日子,绝对沉重绝对空虚。该话语被人埋葬了。天空的海面上,云的大脚狠狠踩你、碾你。你想着那天,很高兴,也能这样对辞复仇。

感觉也变了。感觉在不知不觉地变。从什么时候起,你突然怀恋起一切老东西?一夜之间,血里落满了尘土?说起小时候，仿佛不是谈自己，是在谈躲进你肉体里的另一个人。橱窗中，一件白底蓝花的假骨董，也引起你注意了。你盯着瞧，上面隐隐约约映出谁的影子？一个旧火柴匣也突然让你的心疼痛了。几个方块字，商标上一座对称得近乎愚蠢的山，假自然的皇家口味，你在它旁边住了三十年，从未觉得亲切过。可现在半夜醒来，怎么会闭着眼睛，做梦似地一遍一遍沿着山路走？在化雪时节，去重温那条避开外地游客的小径？你想着帽子扔在长椅上的样子，想着，它就在那儿，一直搁到今天。

刚开始，你怕遗忘。怕自己忘，也怕自己被别人忘。于是每天早晨，说，写，在桌上举行仪式。你用自己的声音找记忆，填满心里越来越大的虚空。你找，一张脸、许多脸、一句话、许多曾滞留耳边的话。沿着风的脉络走了很久，你突然站住，发现脸没了，早就丢了，小心捧在手里的只是一块木头，连面具都不配。从你们分手那一瞬，记忆就僵硬了，死了。眉目之间突然被钉进一根钉子。你记得的只是那张死脸，同一副表情，永远是它，年轻得可怕。你知道是你自己离开日子走到另一边。记忆把你篡改了。虽然紧闭指缝，脸还是从你必须"记住"的一刹那开始融化，点点滴滴流走。你越努力要记住昨天，就越彻底地失去今天。其实都是死，死于遗忘或死于记忆是一回事。你目瞪口呆地看着，这世界日日从你身边滑过，在众目睽睽下失传。现在你真的怕，怕记忆。被你忘却或记住的人，你也被他们忘了或记着。活、或者死，只是两个名字在流浪，直到有朝一日，你忘了：你还记得你吗？你和影子之间，就那么一点点距离，却挤满孤零零的鬼魂。

就是这幢老房子,去年七月你就搬进来。二楼临街的屋子,自己收拾过,好歹有个窝了。还有好邻居,房顶上住着两头小野兽,像野猫,整夜奔跑,如马群在头上驰过。隔壁的老酒鬼,锁在门背后叹气。偶尔,楼梯上遇见你,双眼视同无物地掠过,你能听到那目光撞墙、折断、在地面摔碎的声音。住了这么久,都不知道名字。薄薄的木板墙后面,他用外语骂人。你也骂,用另一种外语。你猜那些死后堆成一堆的异国士兵就这么对话。你的异国,在薄薄的木板墙那边。那另一颗星,与你无关。两个疯子,只要各自在两块屋顶下发疯,这世界就安全了。

那你还向谁说?说什么?血淋淋的脐带,到现在才断了。糊满泥巴的瓦片,比刀还锋利。现在你终于尝到流亡的滋味了。锯,每天锯。豁牙咬你,才恰好把你咬得残缺不全。毛孔里都长了草,尖尖的须根,在肉里搅,又痒又疼。你想笑,到街上笑,向迎面走来的陌生人笑。吃吃笑着,躲进一个背影里。终于尝到这滋味,被人从土地上赶走,也从时间里赶走的滋味,无牵无挂、自由的滋味!一头牛犊,被从奶桶边赶走,饿得哞哞叫。好自由呵!你只想对自己说,用独白。可牛犊能每天重复一个字,你不能。你得请别人来偷听,或装上别人的耳朵听,那你就骗不了自己了。你的话,一开口就说完了。牛屁股上,已被烫上了烙印。通红的烙铁,贴上皮肤时吱吱响,也很可笑。别人谈这条牛可以剔出几斤肉,你听着,听着等。这才安静一点儿了。静下来,用石膏做一只眼睛,看空白深处是不是一小块黑暗？像黑暗里从来只有一片空白。你的语言就停在那里，牢房的门砰地关上。狱卒的靴跟在墙内蹓跶、而你被关在外边，像水盛在瓶子外。闪光的自由。尝到一条鱼刚刚被钓出水面的滋味。活到了头，却死不了。连狱卒的咆哮也想听，磨刀声也想听。虽然你什么也听不见。就那么一点点距离。你被关在整个昨天的外边，坠入今天，这真空。

三十五岁，太老了。从头再活一回，也太晚了。你只能写，让一个个辞，产卵般黑乎乎地落到纸上，像一头撞上玻璃的苍蝇，你总想知道它们会不会头破血流？仅仅为了天空的诱惑，就如此恶毒地戏弄自己？那你呢？你不是戏弄？空空如也中，你和你的诗，彼此近亲繁殖。不曾怀孕，就生下一群嗜好脏血的丑东西。呵呵地笑之后，哇哇哭。白痴怕什么重复？你被剜掉脑子。你们列队站在墙根下。立正。看齐。你写空白，于是就被写进空白。空洞的辞，用慢动作枪毙你。慢吞吞地死，几乎连死亡都不是。老房子清清楚楚知道，该认输了。墙也突然流出血来。你还没倒下，就已摸到自己身体里那一片废墟。

沉默，唯一剩下来的主题。你应当沉默，好保持鱼类那习惯了浸在盐水里的眼神。这个世界上，谁能无痛地活，谁就是胜利者。你不喜欢麻痹。你选择失败。把沉默里到处埋藏的谎言说出来。对天空说。嘴唇都死了，这些辞响在死后。你很高兴，没有人喜欢听你说出他们的死讯。

你没有家。要什么家？汽车在楼下整天响，像街上的行人擦肩而过。桌上，阳光和一首诗同样擦肩而过。谁看谁都不是真的。你自己都奇怪，为什么把房间布置了又布置？像座灵堂。你要把今天演成一个值得回来的昨天？现在，老东西只是你自己，没有人怀恋。现在，你知道自己已被埋在黄土下，透过黄土看，一切都折射成倒影。回哪儿去？黄土下无所谓异乡，也不是故乡。你就坐在这个从来没有你的地方。你哪儿都不在。这座老房子，听惯了隔壁无缘无故地响。没有人的房间里，脚步咚咚响。谁知道那是在读谁的诗。鬼话连篇。他们说闹鬼呢。你也说，闹鬼了。

日蚀

日子一天天过去,什么都没发生。周年也过了。

在墓地散步,平时听不见的声音,都在寂静中响起来。铁栏杆在生锈,一片一片变黑,像鱼鳞,或烧焦的木头。精雕细刻的名字,深陷在石头里,像浸在水里,慢慢融解,看不清了。青苔也爬动起来,那么多脚,小爪子,与每个夏季疯狂的野草,缠上墓碑,再勒紧。死者就又一次死去。又一次被埋没。你的脚,偶尔在泥土中触到有花纹的石头,白骨头,也不停下。日子过去,你得走,无暇辨认。日子,让你的耳朵听见,鸟叫声有一道边缘,又清晰又锋利。

有个女孩子,才九岁,和你一块儿在记忆里走。远方一座大城,墓地在城市边上。你们拨开草叶走拨开草叶走,看野藤在周围碧绿跳舞的样子。蛇形的细细火焰,贴着身体窜上来,咝咝响。你们的眼睛忽明忽暗,有小翅膀在拍动。这时,你听见女孩子惊讶的笑声。她在一块东倒西歪的墓碑上,发现了一个和自己一模一样的名字。另一块上又找到一个。死者的名字,刻上石头就柔软了。被九岁的手指,轻轻抚摸，石头就学会呼吸了。温暖的皮肤、脸，你看见两个女孩子互相抚摸。一百年，多么轻易地被手指戳破，随随便便扔在旁边，像玩具。好近呵。只薄薄一层黄土，就让女孩子笑了，就让她相信这是一面镜子，地下那个孩子也像她，在石头后面奔跑。你也笑，笑得恐怖。

该对死者说什么？说，这世界早把你忘了？说你其实从未被记住过？铭刻死亡的石头只是石头，和你们的死无关。你的死，比旧报纸还廉价。旧报纸的尸体，还能卷起来，烧成灰，被风吹到水面上，占有黄昏一刹那的美。你有什么？你是字。谁会一读再读旧报纸上的字？连字都不是。你的死从未被人写出来。你知道，从来没有人真会朝死者说话。对死者说话的人，都想给生者听。你疼吗？你的名字被咀嚼，一次次端上来，像一条鱼。而真的你，一次次从虫蛀的牙缝间被剔掉，像鱼刺。人，总得落进这无名无姓的集体墓地，才安心。如今没有什么属于你，你也不再属于任何人。墓碑站在外边，是一页无法翻开的封面，没人读过埋藏在坟墓里的黑暗。

仅仅为了过去，才需要日子。"过日子"，就是让你在一年里，一步一步熟悉一座城。不懂地名也没关系。你找太阳、影子和时间，就有方向。再看山、海，脚下的地形，就猜到离你的老房子多远，能在高楼大厦的荒原里流浪了。但可别到晚上，黑暗的墙，从四面八方围过来。原始的恐怖。你才知道自己多懦弱、比一头野兽愚蠢多少？第一次老房子漏雨，你不管水在墙上流，抓起帽子就冲出去。到那座桥上，站着。桥下绿阴阴的一大片，是墓地。来来往往的人看你，你什么也看不见。日子，从那时才露出真面目了。一张曝光的底片，灰蒙蒙的空白。站了多久,才回来。把湿漉漉的被子一卷,你就喜欢老房子了。对老房子说话,就像说给自己听。在城里走,碰见朋友,他们向你谈天气,你也谈,不再觉得无聊。假日到海边,好天气的传统节目。你也去。为什么不去?躺在沙滩上,阳光摸过皮肤,痒痒的。你想,是不是肉被黑暗抚摸,也很痒?躺在阳光下,也像躺在坟墓的黑暗里,被黑暗晒白?日子的坟墓,像熟悉一座城。不问,就走遍大小街道。不看,就认出那些行人,都是歪歪斜斜的老房子,风吹雨打,骨节都裂了。他们的脸,你的脸,漂在海面上,像撕开的空纸盒。就那么漂,和日子一起漂。你知道什么也抓不住,连黑暗也抓不住,于是就放开。让白昼和黑夜一同出现。于是,到墓地散步成了你的习惯。而每个日子,都是日蚀。

别人说你写死亡。你自己知道,你是在写生命。或什么也没写,只活着。活着叫。时间在身上留下的刻痕,只有时间能擦掉。再用另一种文字刻,鸟的文字,数目的文字。每天早晨,一只鸟叫了。又一只。又一只。你能问:"时间"是什么意思?"活"是什么意思?是你的躯体渐渐隐入墓地、还是墓地日复一日在你身上醒来?

你到过那座废墟,倾圮的古堡。楼板都烂了,只有石阶留下来,通到高处。在三层,大房间的门口。一块木头牌子记载着,某人住过这里。还画了图,当年的摆设,床放在中间,绣花垫子倚在窗口。窗外,海在起伏。可你站的,是一块残存的小小平台。半步之外,是乌有。海浪声,从崩塌的墙洞中,淋漓直下。风冲撞光秃秃的四壁。回音震荡,断壁残垣像一只空空的衣袖瑟瑟抖动。谁在这儿?谁曾经在这儿?废墟漫长的独白中，日子不过是一个辞。住在日子里不过是住在辞里，有一个关于你的虚构。某人活在这块牌子上，图画那么薄。你背后，地板嘎嘎裂开，墙裂开。屋顶塌下来，在地面摔碎。你不敢向下看，下面什么都没有。只有高度——床隐身地悬在空中，一个辞。绣花垫子隐身而悬空，一堆零乱的笔划。乌有的日子，是这一天、那一天，有什么关系？乌有的人，叫这个名字、那个名字，谁能分辨得出来？某人活着，就被忘了，那么死后再被忘一次，又怎样？得庆幸避开被记住的厄运。你与废墟一样，过了要求被人记住的年龄。你要求被忘记。远远离开那块带领人们参观死亡的木牌。越远越好。忘得越干净，断壁残垣中那个巨大的虚空，搜入你体内越深。你就不头晕目眩了。床和人，活着，却早已粉身碎骨。

因此，墓志铭也是给生者看的。没有生者要什么墓志铭？墓碑上的字，也只能纪念生者。日子，墓地，有你才活了。有一双布鞋，小路上堆满的叶子，才松脆地唱。两片淡黄色的骨头轻轻打着拍子。青草从石缝中长出来，和你用生者的目光对视。你看着它们，能不笑？从嘴角皱纹间，草一样细致安静地笑出来。钉子似的草。你笑成一根折断的石柱。为生者而立的墓碑。被关在坟墓外边的黑暗里，也没人读。你很高兴，就凭这一点，生者占据了死亡的深度。

什么都没发生。喧嚣太多了，什么都不会发生。一堆堆名字，端上来嚼得狼藉。纸上的盛宴，能招待多少人？噪音像铁一样刮过去。让你的耳朵老了，听老了。从早到晚，阳光在一扇一扇窗玻璃上刮过去。尖叫的玻璃，沿街敞开，像墓道两侧对称的壁画。画出来。就是给别人看的。画成笑或哭，在脸上。连梦都像预制的布景，灯光一暗，就搬出来。让人拍照，比现实还真实。这个世界早被照片糊满了，行走的照片，每人一个小小的永恒。来来去去，都老了。你能骗别人，骗不了自己。这只握笔的手，即使不写，也在老。不得不老。现在，不是你要怎样，是你不得不怎样：把老态摊开，张贴到墙上，成为五颜六色中一个触目的污点。知道别人不喜欢，你喜欢。喜欢看镜子前，那些脸尴尬的样子。喧嚣哑下去的痛苦。该哑了。死者被你们吃够了。谈论死亡之前，你们先学衰老吧。

可你呢？你学过什么？墓地的小门，你有什么资格推开？走进来？石板砌成的台阶，通向那棵老树。每次，你都坐在那根树桩上，像年轮里结出的黑色瘤子。在腐烂中，受精长大。阳光密集地筛下来，你身上到处是绿点子。肉里天生的霉斑。那你还高兴什么？你看太阳，不眯起眼睛，直瞪着看。你看它是不是一点一点变黑了？慢慢凹进去，像一个洞。有一道牙咬过的缺口，总是从固定的一边开始。你里边，日子就在那儿停住。把表往回拨，日记一页一页向回翻，从今天过到昨天，很久很久以前，是否也有一个永远？你停住，就自由了。停在哪儿，你就不在那儿。在墓地构思一首诗，就让诗本身成了一块墓地。祖祖辈辈的集体墓室。沿着诗句走向沿着小路走，空白两边的字，方方正正的墓穴，由于空白才存在。你写的就是空白，却用黑字来重申。像活人，让死者那没有舌头的嘴代替说话。安安静静地说。无辞地说。这日蚀就越来越深了。你不是在写死亡。现在你才知道，也不是在写生命。你既没有生命也没有死亡。两者之间，你是一片中空地带。像水摩擦水的声音那样空。乌有的床上，皮肤摩擦皮肤的声音。你什么都不是，连乌有都不是。你不得不有一个人的形状。松开系棺材的带子。每个辞的小洞，把你坠下去。泥土就落下来，红色的泥土和草根，塞满你的鼻孔。你就这样不存在了。可把脸蒙上，你又不得不在。连死亡的方向都没有的人，怎么从死亡的方向看？你还要看什么？一个人就够了。你已把自己埋得够深，像写进每首诗里的那个隐身的人，逃开太阳，却又被日蚀的黑暗无情暴露。惨白，如背影。一天天走，静止不动地走。听任世界、墓园和一行诗层层勒入体内，结成同心圆。这活的年轮，环绕你时，是死地。

那里的人们，不说你，只说"去年"。谁都是"去年"。所有死亡都在"去年"。仅仅为了过去，一个日子就成了最冗长的一年。那里的人们，什么都不等。死后你还能等什么？躯体走进死就化了。像稀疏的雨，风吹过就干了。死亡是一件事，已经发生过的事里，再没什么可发生。"去年"，只是一大片墓地、几首诗。说是急转弯，拆开来仍是一个个平淡无奇的日子。你就被甩下来。"去年"中没有你，你不愿嚼自己。于是在"去年"之外、又进不了今年。在墓地散步，只是一个姿态。借绿荫想象死后的黑暗。这些阔叶树，绿得发亮。不像你熟悉的松柏，本身就很黑。恶狠狠的黑。活得比死亡还黑。日蚀那天，太阳不是太阳，人不是人。再美丽的脸，一小片落叶就能盖住。那个女孩子，才九岁，已经学会与石头谈话，让石头摸她。老人瞎了，只能摸自己儿时的照片。黑暗平坦地落下来，黑暗中本来什么都没有。

一个人的城市

这是只有一个人的城市。这城里只有你。

到处布满了死火山。山坡上的草，像绿色的岩浆，一股一股朝下流，从季节到季节，无声地流。你说"四季"，这只是习惯。这座城市一年到头是绿色。绿，像旧木板上洗不掉的油漆，有云的日子，变成一片灰色。火在哪儿？天空不知疲倦地擦抹，火山当年的痕迹。火，比你更早地离开，远远离开，哑了，丢下一片寂静。死火山突兀地站着，像饱经风霜的脸上一颗颗黑痣。没有季节的城市像隐瞒了年龄的女人，你在想：她从来没年轻过。她就是你，因为这是只有一个人的城市。

到死火山上去的路，不远。许多死火山中，你和离你家最近的那一座，成了朋友。你认识它和那个陌生的名字无关。刚下过雨，草叶湿湿的，路上都是泥。你注意到红土。以前就知道，南方有红土。可你记忆中的南方不是这里，从这儿看去，那是遥远的北方。你爬，用一只脚掌在草丛里摸索石头，踩稳了，再换一只。用越来越急促的呼吸，感到山的渐渐升起的高度。在死火山上，你是一只野兽，能够感到地层深处，火在微微震动。吹过的风也很热。用动物的眼睛看，草叶碧绿的脉络里流的血也很热。火山用一只野猫暗中发亮的眼睛盯着你。两只野兽，都是孤零零的，却用各自身上走投无路的血相认。你知道，每当你的脚踩上死火山，它就复活。

你还不信：如今你真的住在一个海边的城市。海，从窗口就能看见。虽然玻璃和水泥扑上来，把视野撕碎，可海无所不在，装饰着城里每一所房子，仿佛海成为这城市唯一的主人。星期天，远远近近都是钉钉子的声音，像水珠从礁石上滴下来。海浪扑打。墙上，木纹波动。阳光在窗户上闪闪发亮。苍蝇兴奋的吵闹声，四处流溢。你告诉自己，这不是真的。你还住在那座黄土和灰尘掩埋的古城里。风吹过，苍老的宫墙和琉璃瓦一片黯淡。在那儿，海只是一个神话，被雕刻在紫色的屏风上，干裂，如一把盐。你从来只能由干渴去想象海，或从一个人的孤独中，想象那种拥有众多生命的更残忍的孤独。即使你能把手伸进水里，抓住一条鱼，盯住它在太阳下怎样越来越艰难地呼吸，你也不能抓住海。海从你五指间滑走，用死鱼那惨白的瞳孔嘲笑你，和你的无知。你只能住在海边，每天呆呆地看着那片近在咫尺的蓝色幻象。

在街上走，距离就变了。从日子到日子的距离，像从市场到市场，从门到门、床到床。你想把孤独当作最后的据点，就交替地摆动两只手。两只手里两个日子，摆动你。你属于哪一个？总不能无牵无挂地从自己身体中越狱，哪一个都不属于。这样从一开始，你就知道自己输了。脸上的皱纹是与死亡赌博的筹码，时间微微错开一步，你就整个落空了。跟着走，改变自己，都没用。时间并不理睬你精心编造的谎言。

那么，谁能证实死火山曾经活过？墓碑下，洗得雪白的骸骨仍是人类？谁来证实，这些浮石一样的房子，是伫立不动，还是一直在一条火河的表面漂？其余的一切都与你无关，你只认真记下每一次搬家的数字，像一个罪犯，清清楚楚地数着刀背砍到头上的次数，数自己的疼。满屋家具是一件行李，而做客，是你永远的命运。在这座城市里，一个人就是全部。你得感谢那些早晨，没有它们打开门，你连客人都当不成了。一具躯体的空壳，因为有早晨输血，才醒了。一口井，在冗长的黑夜里一点一滴蓄满。你觉得你的身体在渗出水来，像山上的石头曾经渗出火来，金色的潜流，在寂静中喘息。火山活过，用树和草的死亡活，用被忘记的旅行者的足迹活。被忘记是不是做客的结束？你坐在房子里，与房子互相遗忘。看着一个人的一生在地板上曲曲折折地走过。每张床抹杀前一张，就这么以记忆的方式彻底遗忘。当树木终于行走起来的时候，垂危的病人无声退却。你退回你里面的洞穴。城市在一个人里面。活着，什么也无须证实。

有海，可港口对你毫无意义。有街道，可脚步对你毫无意义。山是一堆杂乱的石头墓地，暴露在傻笑的天空下，就够了。你能给这个世界增添什么新的东西？也许只有寂静。这个城市里，唯一充足的是寂静。源于远古的荒凉，搂抱你，紧得骨头嘎嘎响，像铁链勒入你的肉里。一个人在城里走，最能体会被寂静围困的感觉。嘴里、鼻孔里空空如也，你被寂静窒息。太静了，以致不得不疯狂。朝自己疯，也朝别人疯，每个人的疯狂构成死寂世界的一部分，让你听清自己在腐烂。窗口，有什么意义？看，有什么意义？你向镜子发出邀请，最后一次自己做自己的客人。镜子里那张脸，会冰冷地笑。越到仇恨时越微笑。比你更静，因此，比你更真实。

这是一间小屋子，四壁空空。什么都没有，你说，你需要它什么都没有。只有寂静是唯一被允许的。黎明前，刺耳的鸟声，在骨骼的缝隙间响起，提醒你，窗外还是那个世界。没有你也一样不多不少的世界。那你还要什么？一张画？一支音乐？一首诗？或仅仅一封信，写于另一双无家可归的手？到年龄了，该懂得：你得用一生，学会对自己无情。坐在桌前，用一枝没有墨水的笔，在白纸上写，封好，投入信箱，再把满满的信箱倒进垃圾，这就是学。节日，才突然叫人想起，你的日子不多了。那个蹲在路口独自喝醉的脏老头，更懂得节日的涵义。这也得学。不是你学人生，是你的人生学会你的妄想。现实脱胎于妄想，像周围的世界模拟着一间空旷的小屋子。什么都没有了，妄想就是你的故事。杜撰一个细节，那向你比划的手指，要是再高一点儿，生活会不会是另一种结局？那个夜晚，如果不是夏天、是冬天，黑暗再延长一点儿，是否将有不同的命运？一个人的时候，一切都不存在，只有你的幻想在。你住进空空荡荡的脑袋，让这城市，像一件破旧的衣服，摩擦着肩头。越梦想，你把无情演得越精彩。你像贪玩的孩子一样迷路时，也就越悠然自得。

这么说你就明白了：你是被幻象臆造的，像一只幻听的耳朵里，凭空诞生的声音。死火山、海、石头的城实实在在，你摸到它们像摸自己的脸。可你摸着，它们就丢了。你手里握着一块石头，石头就没了。把自己反锁在屋子里，还是漫步街头，都一样：你和这城市都只是一个有轮廓的幻象，实体的空。连孤独都不配有，孤独太奢侈了。街上擦肩而过的嘴唇，都在喃喃自语，像一条条反刍的牛。但你对你自己说什么？你在这城市高高低低的街道上移动。高高低低的街道移入你。医院、博物馆、监狱、墓地，连死者脚前的塑料花，都移入你。你里边，是另一座城。像倒影，却同样与你无关。只有到这时，你才明白：你，仅仅是你所憎恨的世界的一员。别想隔开一层皮，你就清白了。看着别人被杀死，你就无辜了。就能逃入"孤独"的领地，相信自己曾占有一个真的黑夜。其实，你只是街角上一座孤零零的公共厕所，里面人来人往，被使用，被遗忘。公共厕所的孤独，是被一座城市从两面剔净。你总记不住，谁来过，谁走了。成群结队的人，戴着你的面具走。你像囚犯似的，被行刑队从内外夹住，走向一个终点。枪声响过，一个人倒下，暴露出遍地尸骸狼藉的死亡。

你是谁有什么关系？要问你该问：你存在吗？一个人用一个城市的方式活。食物从牙齿到肠胃的一次蠕动，就是历史。一只瓷器经历过所有现实。漩涡、汲水的手，依次旋转到它的中心，点点落入，万物携带在自身内的黑暗。像一只鸟儿穿过阳光时，触目的黑暗。一个人的城市，比没有人更虚幻，在你心中陷得更深。被幻象折磨的痛苦，并不能使幻象醒来。

寂静，也是一种疯。在这座城市里，死火山日日夜夜地疯。你总在想：天生的哑巴是不是连发疯时，内心里也保持着可怕的沉默？你想：寂静也是一种谎言。不说，就撒谎。每张嘴的火山口，看下去，也有惊心动魄的深度。一个人老了就有一座城市的深度。于是你更加关心潜伏在世界背后的东西。在你自己背后,整整一生变得地址模糊、像从未去过的地方。只有在梦中去,梦见去世多年的母亲,比你还年轻,在一个你认不出的房间里。你和她都不在原来的地方。隔开几重世界,她离你越来越近了,近得钉入你的血肉,摸都摸不到。你们彼此看着,也像两座陌生的城。疯吧,潜入海水下,海就不在了。从你梦中那座死火山上下来,城市就毁灭了。你看着镜子摔碎,一地玻璃亮晶晶的,是无数张你的脸。海上一动不动的光点——疯狂终于造就了疯子。

抽象的游记

被写进文字之后,你们就没有时间了。

为什么每一部书,你都要从最后一页读起?那些人物,生下来就老了。情节,只因为衰老,才显得一模一样了。闭上眼,用手指摸,最后的书页,微微卷曲的叶子,你骤然步入了一片秋天的树林。手掌,再敏感也觉不出一片被紧紧握住的叶子,怎样发黄。然而,终于你看见,五指间一具小小的尸骸,宛如夭折的孩子,那近乎透明的尸骸。一个被衰老折磨的老人,其实与一个被童年折磨的儿童一样,是一件艺术品。值得让你从头欣赏。只要从你们共同的结尾开始,秋天,就总是比冬天更深的墓穴。

仅仅是结尾,也已经够了。一部书以一个没写出的读者为结尾。就像一座城市,以它没出生的居民为结尾。你从你自己向前读,向你从未经历过的过去读。就那么走,犹如在每天亮起的路灯下,眺望屋顶上空不真实的月亮。每翻一页,胡须在脸上变得更软,街道两旁的窗口更高大,死人从走来的路上走回去,才活了。战争的消息,在参战者成年之前,沉寂着。血向上滴，那个有着秘密姓氏的母亲，比她的女儿离你更远一点。因而，你读到她更晚一点。你知道，对于以往的世界，每个活在今天的人，都意味着毁灭。

你不问为什么，就站在这里了。谁会问一只从墙角飞出的苍蝇，什么时候被孵化在哪儿？一只老船，沉没的时候，也是最后一次卸下自己的时候。谁会问：你运载过的风暴，如今在哪儿？水下等候你的，是不是昔日的港口？不问，也是你。推开一扇门，再一次被房间里的黑暗虚构出来。向周围看，更多的人，为证实你们已没有时间而组成了城市。不为什么，就走进同一片刻，不同年龄的人才变得同样苍老。

那么，这座城市，只是哪一座城市？这一个你，或那一个你，早已离开你。永远的街道，像句号后面的空白。在每一个陌生的路口，脱去血肉，只留下惊吓你的透明轮廓。橱窗、招牌，以及一条在树下撒尿的狗，也是轮廓。刚从一张年代久远的老照片上翻拍下来，却还比你更清晰。你是，每次向一道玻璃转门交出一个影子的人。这个日子是哪一个日子？谁知道，星期天市场，女人们忙乱着，犹如雷击下的牛羊。一件一件罗列的旧货，被时间吹嘘着抬高了价钱。你混进人群，充当最廉价的，才安宁了。浸进无数脚越踩越烂的一摊稀泥，才暖和了。别人看不见你，除了那个奔跑的孩子，突然绊倒时，朝空无一人的方向咒骂。你活着的方向，也许只有孩子嗅出了泥水中的血腥。但孩子是没有语言的。

季节，依旧被一棵树打开。命中注定，你的窗口总有一棵树，像钉进你履历的一根钉子，钉孔都腐朽了，树皮斑驳，留下撕咬的痕迹。冬天，不下雪的日子，树枝在灰色的天空中抽摇，总让你想起一个手握剪刀的人，心里最深的欲望；是剪断自己的喉咙。自己剪自己，疼不疼？活着，失血，疼不疼？而你是无血的，倒下也不过一块木头。下雪的日子，雪积满树干朝天的一侧，粗糙些的地方都被抹平了，弄得细腻。黑、白。白、黑。一幅木刻，具体到了抽象的程度。有时你半夜起来，去看那条笼罩在淡黄灯光下的积雪的街道，只有树碎步行走的声音。不知不觉中，枝节处有嫩芽拱起来。红红的鸟嘴，啄得你心里痒痒的。你怕，阳光变黑了，绿叶一片明亮。抖开的折扇上，叶脉像扇骨，隐隐发暗。每天看，与前一天比较，仿佛用火焰中一条火舌与另一条火舌比较。天空的皮肤上，烫满了叶子的烙印。你，整个世界，像被烫的牛一样颤抖，比风暴中的树抖得更厉害。一个早上，你终于发现，火焰的边缘变干了。阳光倾泻到桌上，再不令人心跳。秋天，像一个年龄，从水和水的中空地带悄悄潜入。突如其来的死亡，永远比你所能觉察的更早。

就这样，辞，已足够让你不知所云。薄薄一页白纸，足够掩埋一生。读了那么多，你唯一记得的是读自己。每个早晨醒来的你自己。醒，就是活？你能不能不醒地活？从梦中的高度摔下来，迫使黑暗不得不把你接住。你能不能，睡在这个房间，同时睡在隔壁的房间？两个房间的两座城市，都拥有你。"他被杀戮于历代的墓上"，而你，躺在不同地址的床上。躺着，成为一具抽象的躯体，抽象得如一只挂在空中的蜘蛛。银光闪闪的丝线，在你脖子上勒紧，四肢就软了。你不是它，没本事玩，把自己吊死再复活。就笑吧，笑着恨。你唯一的安慰，是欣赏死者脸上僵硬如石的表情。当你被生命抽象时，死亡也把他们抽象了。日子的棺盖，无论对母亲或女儿，都揭不开。你们点着头，陷入同一副水泥浇铸的面具。就这样，站在街口，只有腐烂也成为幻象的时候，腐烂才真的无所不在了。

你该骄傲：如今，你是你在街上碰到的每个人。有一双空旷的眼睛，什么风景不能还原为这篇隐去主人公的游记？然而，隐去并非乌有。一个读者，不开口，就成为作者。一个生活在内心里的人，本身就是一个巨大的秘密。别人猜，你不猜，只知道：活在哪儿，活了多久，都没有用。把太阳每天想象成新的，又在密密麻麻的墓碑间，找出刻着你名字的那一座，也没用。因为答案早已被写出，在你学会哭叫之前很久就已写出。猫脸的月亮，树木的散步者，都不能改变。但为什么要改变？你变成街上的每个人，同时，人们变成每条街上的你。就又回来了。一只只空瓶子，在衣领的瓶口下，盛满黏乎乎的果酱。又酸又甜，每日的早餐。你们整整齐齐排着队，让日子吃。一生一动不动，就完成一次抽象的旅行。你该骄傲，比有躯体的孤独更深的，是无躯体的孤独。没有躯体你才自由了。真正的自由。一只苍蝇绿茸茸的爪子，想怎么抓破就怎么抓破黎明的自由！苍蝇的复眼，看一千座公园时，能否还原成一座公园？看每一天，还原成唯一的一天？看你，还原成没有你的任何一篇故事？老故事。无动于衷地掘好了陷阱。等着你落下，落入这本正被你阅读的书中的文字——你们已没有时间改变了。

这末日，早就为你筹备好了。读或不读，你都只能从末日开始，一步一步，证实毁灭的必然。这么说就彻底了。一个老人从火中回来，毕生的往事，只是一座乡村旅馆。破烂的木板床，睡上去嘎嘎响。耗子从你脸颊旁跑过，得意地吱吱响。窗外那棵树也似曾相识。一个秋夜的星星，全都似曾相识。从死后，向前翻阅。翻到生前，你就成为另一类幸存者。幸存在厄运中，目睹腐烂，更多的腐烂，每年轻一天都在递增的腐烂。直到这条倒流的河，洗濯一双小手，裹紧胎衣，还没抓过任何阳光，就在黑暗的子宫里拚命招着，向你告别。你也招，向世界。从一篇游记归来，再也不会有人诞生。

有的，还是这堆纸灰，既没存在，也未消失。

其实往往是一个题目的联想

一

没有一个细节是可以描写的,你说。

写出的都不是你要写的。这条街上古老的石子,在雨中发亮,圆圆地围绕你,辐射出去。决定着每个早晨。麻雀的叫声,被阳光尖细的针,密密麻麻缝在一起。这是一天开始的仪式。然而——

你们应当看到,死者,是葬礼中唯一的缺席者。你说。

没有人信你。因为你在你们中间。而你们,在一行诗中间,继续变老。每天变得更像一个字,先于自己出生许多年。一片俯瞰城市屋顶的天空,把描写的手,变成一个地址。诗人,总是一首诗废弃的地址。

你们看,棺材再精雕细刻,也是空的。你说。

但什么也看不见。石子路挤满了被挖出的眼珠,只欣赏你。走了很远来找冬天。你在一个夜晚,穿过下雪的公园。才发现，石块般碰撞的风中，山羊的哀鸣从来就是一片号哭。黑木桩后边，长胡须的婴孩们在放肆地号哭。冰渣在你耳中碎裂，还有过去的日子。你说，假如有葬礼，那你已听到了葬礼上的哭声。假如真的有葬礼，而你还值得被从你们中间认出来的话。

二

是你的声音使你成为一个疯子。这独白，不知不觉说出口，你就变了。沿着街道走，像沿着积雪的山谷走。你老想侧过身子，提防来自每一扇窗户的危险。明亮的玻璃，一无例外地雪崩。多少年，针扎在脸上，你还不得不朝一个方向微笑。

你说，这座石头建筑，因为你住过，才不同了。这座山，写进你的诗句，于是终年银白。你疯了，能把一片雪据为己有。用一个狂想，饥饿的人群就被你据为己有。云，大片大片从对面褐色的悬崖上下来，向你展示。岩石的山羊，咩咩叫着摔得粉碎。于是你认定，哭声也是你的。腐烂的世界，仅仅在你笔下，才配备了一个人的遗容。

三

是这样的眼睛，神说过：厌倦世界和幻象的眼睛。

一幅宋代石刻天文图，有三种读法：有人的读法，无人的读法，以及被虚构的天空读。大地，永远是人类的意象。

一千四百颗刻进石碑的星星里，有一颗，就足以让你陷入自己的死亡。陷得更深时发明了日子，被送葬的钟声证实的日子。你需要一个圆，好有归来的一天。但是不，你必须离开。永远离开，因为一双眼睛看到两次相同的落日，是不可能的。这是第一种读法；然而，厌倦，使你获得一个间歇。脸，无数次出现在画框里，重复着什么？给石头一个人称，用墓碑代替泥泞的血肉，能象征什么？关于区别的知识，仅仅是关于死亡的知识。告诉孩子，你们死于每一个生日，并非过分残忍。孩子们，将由此拥有一个祝贺的白昼，并在正午的光线中，分辨出你那滴最后流尽的精液，闪闪发光的精液。因为在天上把一颗星称为落日，是不可能的。这是第二种读法；在第三种，你不读，却被那只一眨不眨、目空一切的瞳孔读。一块石碑上纯粹虚构的天空，是一本从未翻开的书，足以教育你：你们的过时其实是幸运。被时间折磨的疯狂里，你们已没有位置。这就是说，你努力表达的厌倦，已再次使你成为厌倦的对象。星，刻进石头或写在纸上，都不是真的。你，一旦被读到也就不是真的。你甚至想：连假的都不是。死亡找不到一具新鲜的尸首，因为，谁想抓住一片不存在的黑暗而不被错过，是不可能的。

四

早晨，从一把锉刀上走来。嗡嗡响的风，模拟旧货市场上女人叫卖的噪音。小菜店老板，又在涮洗昨晚剩下的黄瓜。这座收拾整齐的城市，一枚硬币也不放过。被香水和汽车簇拥着，在无数路口，红灯时睡去，绿灯中一同惊醒。

五

现在你知道,这是你的葬礼。你知道,假如真有葬礼,只因为现在终于没有现在。每个曾被称为现在的地方,你能指出一张病床。或者,仅是病床安放过的痕迹。太阳曝晒下,暗黄浮肿的肉体,像组成耻辱的字,为弄脏世界而公开。你发现,你们其实一模一样。眉目、掌纹、化脓的腐臭,都一样。埋葬的细节不可描写,因为众多的缺席者,只是同一个题目的联想。

是的,缺席。每个人不在自己的葬礼上。像梦,不肯滞留于熬制它的狂热头脑中。恰恰相反,梦制作了一颗颗头脑,让它们发疯。一座房屋无缘无故发出颤抖,也疯了。你谈起自己,仿佛谈论一件随葬的东西。那么简单,丢在一把看不见的白骨旁边。

一开始,选择早晨写作的人就无须人称,什么是人称?你写的只有"它",从来是"它"。在"你"里面是另一个"它"这题目,随随便便就已选定。你浑身血污,落入这题目,于是一生逃不出一篇遗作。每天的遗作,把每张病床上垂死者的想象,嵌入隐喻的艺术。

六

于是,世界仅仅出自一个疯子的狂想。

从一个题目开始,这条石子路,终点是一首诗。你写,秘密的房屋就在等待中显出轮廓。爬上肉的粉红色梯子，就抵达一个白色夜晚了。躯体上的毛，浸透了水，你就在你里面，漫步于一条悬空的山谷。一首诗，一片夏天的雪，越洁白，就越危险。但你不怕。倾斜的屋顶在你脚下，等待你摔得粉身碎骨。你每个早晨坐在桌前，想着，就被摔得粉身碎骨。建造一座塔，也同时建造一座空中墓园。

是什么题目有什么关系？你只要从里向外看。让一个夜晚的雨声，在你体内冻成冰，就永远响下去。你写不出这种连续不断的音乐，因为字断了，像骨头，一节一节被拆散。你被拆开，于是不得不有两个躯体。一个把另一个当作尸首，彼此被关在门外，都觉得正独自腐烂。你就这样，用一个空想摸着自己身上没有人的地方，兴奋起来。那是你的现在，另一个躯体匆匆走过街头，赶去参加生者的葬礼。

联想本身就是题目。你说，活在内心里的人只能死于这个世界。你说，一首诗什么也没写，就把你锁住。死亡的阁楼里，你只能被你臆造的一切牢牢锁住。开始是黑色，然后，成为无色的。公园里，疯子抖着手指，折叠纸做的房子，周围，山羊们还在寒风中号哭。

直到你被世界读完，也不会有一粒石子在哭声里成形。

画室

画室并非房间。当你步入,从墙到墙,是无限。距离,在你笔下变远。你在一幅画背后,行走。被挂着,一动不动,整整一生就这么行走。细细的喘息中,这画室走出你。回头看看,随手把你反锁在你里面。黑暗中,碰到抹布油彩和刀刃,摔倒了,干脆坐下,想。画室和画布一层层从外面锁住,你才能死在这儿,不必担心别人冒充凶手。你死在铅笔勾勒的骨架后面,而微笑的颜料,是唯一的死者,在虚空中,扮演什么,就成为什么。

你不是一个人,你是许多人。画室,挤满了人,才真的空空荡荡。每天,你想画,画不了别人,就画自己。伸出瘦长的爪子,向空中抓。一张脸,许多脸,许多脸后面,更多的眼神和口音。不知为什么,你总觉得:一张脸和一片树叶相似。一个人变换着表情,和一棵树上流走的季节相似。叶子能被抓住,抓不住的是它们在风中发出的声音。每天照镜子,和你坐在窗口,欣赏这棵树渐渐枯黄一样。叶脉一天天突出来,苍白的皮肤上,血管瘀积着死血。声音也变了,干燥而尖利,让你记起,一条粗哑的老喉咙里无力的笑声。你不知道,那是否正是你自己的笑声?你说不出,从哪一天起,你的笑,变得比哭泣更难听了。

画一幅画,总得从构思开始。自画像,依旧从你看不见自己的地方开始。面前摆着的是白纸、笔,或一片子宫中的黑暗?你诞生之前早已习惯了,一只酿造生命的瓶子,却必须以死亡为前提。那你就画吧,漫无目的地画。最初的线条,零零星星散落在各处的血肉,只是因为画,才流入笔触的沟渠。只在妄想中,一具躯体才慢慢成形,学会爬,四处走动,代替昨天在路口摔破膝盖的那一具。那另一个你,被日积月累的肮脏埋着,越逃不脱越想逃,越找,越丢失一切。直到被彻底剥光,捣烂,安上画框,你才在展览自己的地方消失了。阳光无情暴露的,从来是一个活在地下的人。

没有理由使活成了唯一的理由。不知为什么笑,于是你才笑。嘴角,皮,轻轻一撕就能揭掉,皱起来,再深一点,像被一把割不出血的刀尖划着,这就是笑?感到肌肉不由自主地抽搐,像一头被刺穿了心脏的牛,前腿已经跪倒,后腿却还拚命撑着,这也是笑?可其实,没有一种动物会笑。它们哭,因为疼,因为冬夜的寒冷中充满了恐惧,但不笑。你看见一匹马在阳光下跳跃,打滚,它的脸在兴奋中仍一片平静,让你想到古代雕刻上石头的脸。仅仅由于你们仇恨的深度,才唯一不能从笑的惩罚中被赦免。

于是，你在自己的笑声中分裂，像一只被凌空击碎的鸟。粘乎乎的骨渣，溅到天空上。而天空，由此拥有了一个垂死者的笑容。一个死刑犯人，最后总会忘记怎样流泪，越临近砍头时，越要傻笑。向四面八方看着，仿佛乞求围观者比较同一颗头颅上死亡前后的表情。你活着，也向四面八方看，每件和你一样的作品，街上行走的廉价肖像。如果不笑，还能像一盆假花，摆在那儿，压压尘土。至少，像木头，无人理睬时独自朽坏。但如果笑了，就只剩谎言。你的笑都是为证实没有欢乐而说出的谎言。出卖，从来应该不知不觉。一只被切掉下肢的青蛙，继续在被自己的血染红的水池中游泳。你继续，这让你恨的刮不掉的笑容。疼，缓慢地钻进肉里，在最深处变成一根手指，搔得你不得不笑。笑着，死亡就的确来到了。孩子似的小小的脚，把你一踩，你就开始公然腐烂。弯曲的鼻子，嗅了又嗅，鼻腔里充满了一种又甜又腥的气息。那是。众目睽睽之下轻蔑的气息。你为轻蔑自己的笑而哈哈大笑。

你在画与画之间走动。画在你与你之间走动。或者，你就是画？一个人，整个就是虚无的肖像？小时候，你曾担心，会不会忘记心跳。一小会儿疏忽，就永远死去。现在，你打开自己，向里画。打开五官，画黑眼眶的骷髅。打开肚子，画失去控制的蠕动的内脏。结石，像肉里成串的豆子，装进盒子后，阵阵哐哐响。每个细胞的陌生叛徒，都在隔壁挖掘着地道。疾病的铲子，叮当响。该交出一切了。你并不怯懦。交出一切因为你早已没什么可交出。一张画，许多画，无所谓被别人看成什么。总有一天，你会下决心，作一个忍住心跳的人。

你还怕什么？怕自己？读了这么多你，其实从来没有你。怕谎言？可每张画布做的脸，停在那儿，只是真的。画好后，调上油料，抹一抹，修改成另一副样子。你，就变了。每天变，每分钟变。挂在画框里，或挂在画框外，都是真的。一百年，像一缕灰尘，随随便便从屋顶落下，轻轻一擦，就没了。你也得这样等着被擦去。画室，叫你懂得：这个世界不出色的谎言，其实都是太简单的真实。不能再简单了，像一次呼吸，因而你无从理解也没有第二条路可逃。

终于，成千上万色彩的照耀下，你，成为唯一无色的。从一幅画到另一幅画，没有人目击你隐身地走动。低下头，看手、胳膊，在阳光中一片透明。肉的水，流淌在空气中。血也是无色的，比黑色更无色。因而你可以任意变幻自己，染成绿色，就是草。黄，就是土地。薄施一层胭脂般的笑容，就成为一个极端仇恨和怯懦的人。你知道，没有一种虚构，不是以真实为前提。活在画室里，欺骗，就自然而然。连艺术都不是，是现实。你逃不进一幅画，而一幅又一幅画逃出你。你冒充什么，就变成什么。像什么，就是什么。你什么也不是才走进一切。看着一只苍蝇在玻璃上叫喊，却不得不任它叫喊下去。人，连虚构自己都不能制止，怎么制止这虚构的世界？没有别的路了，笑，就是尽头。无色的笑，一滴滴毒液，腐蚀着躯体，把它融化。你的最后一幅作品，是反锁在画室里死去。笑，是这个世界的凶手。而多少个世纪中学会笑的人，是帮凶。当一张脸，在博物馆，在墙上，变成石头。皱纹纵横地精雕细刻出从前所有的恐惧。你，萎缩进墙角，成为画面上唯一多余的东西。

祭品

第一章　电影院

　　你还记得那个角落吗？当灯光，犹如一头渐渐远去的猛兽，隐匿于充满丛林气氛的墙上。黑暗的最后一排，紧靠里边的座位，永远为你空着。你还记得吗？有时，一千年与一小时何等相似？那角落，即使在眼睛习惯了人工的夜色之后，也依然是人们目光的死角。你的死角，你早已习惯了，躲进那里度过，仅仅一小时的一生。

　　看。谁知道你能看见些什么？活动的影子，因为距离才变真了。似乎有一个故事，人物，带着表情，像所有往事，被谈论时，只能用肯定的句子说。再演一次，一模一样。仍旧从那个在海滩上种树的男孩子开始，到一个老疯子，自己烧掉自己的房子。浇上汽油，用窗帘引火。还怕毁得不彻底，又抖散一只只枕头，让着火的羽毛像明亮的蛾子，漫天飞舞。房子，在火中暴露出一个死人的骨骼，撑不住时，才倒下。老疯子躺在不远处的泥水中,看着一个世界的结束。笑,呼喊。你看到,其实仅仅是一分钟的结束。那摊泥水,它本身已成为一只眼睛,每睁开一次,都把你们变成一群瞎子。那种美,距离。

坐在黑暗里,你听不见,外面的天空也一点一点黑下来。薄薄一堵墙,水泥做的,又硬又粗糙,就把你关进了里面。更里一点儿,黑暗中的黑暗,层层相套的盒子。你总想坐得更深一点儿。门口,垂下帷幕还不够。深到底,是不是就该有墓地的磷光亮起了?忘记这世界,世界紧攥着你的手就放松了?不是死亡,只是忘,没有血迹的忘。唯一一场绝对宁静的大屠杀。色彩是安全的。一块白布上变幻的五颜六色,帮助你享受你的忘。忘得好快呵,只一刹那,天空已不是天空,你不是你。黑暗与黑暗面面相对,互相成为一块布景。

那你就摸吧,这并不矛盾,在电影院里闭起眼睛,用手摸。或脱掉衣服,用身体摸。你在银幕外还是银幕内,有什么关系?目光,反正都是死角。那个坐在你身上索索发抖的女人,属于哪一个剧情,有什么关系?河,交叉。流淌。时而雪白时而殷红,都只是故事的需要。你摸,像个溺水者,想用手救自己。可赤裸裸地滑下去,谁能自己把自己拉上来?曲线,散发出沉沦的气味。你只能向下沉,淹不死时,在张开嘴唇吸你的海底摔碎。最黑暗的水,就这样教会鱼类,用爱抚彼此伤害。

连皮肤也得脱去。呼吸,也脱去。你脱光了,像一头被宰杀洗净的牲畜,才终于配称为躯体。两具躯体互相摸,一如坟墓下,两个幽灵互相摸。可再摸,你能摸到一种两个人共同拥有的痛苦?或相反,不能拥有。真正的残酷是:你摸到的一切都是正在失去的。一次记忆犹如一夜,接着一个忘却的白昼,交替重复写下和撕去的动作。

其实你并非死于方向,仅仅死于距离。死亡没有方向,那个正在长大的男孩子向你跑来,越跑,你越看清他有一张你的脸。老疯子,挣扎着被塞进医院的车子时,在你身下,座位也颠簸起来。眺望是一次擦肩而过。你只能眺望,用死者紧闭的眼睛,看着把生命和死亡远远隔开的一分钟。躲进角落里,也是擦肩而过。摸,也是擦肩而过。你被围困你的黑暗撕咬得鲜血淋漓,只能再一次找到体验孤独的座位。再一次,掉进黑洞,感到被吞下去,融合不了,又不得不被狠狠推出来。那时,你,就软了。又软又白,像在河里浸泡多日的尸首。你的水流干了,又被另外的水注满。每个细胞变成一粒透明的鱼卵,却仍然那么遥远。你该闻见,有你不认识的腥气,正从你体内升起。那些整夜从后面阅读的脑袋,不动声色地转过来,庆祝末日降临时,你们唯一一次相逢。

以怎样的才华,你才把祭祀自己死亡的仪式,变真了?

第二章　秋天

最后一次走过古老的街道,落叶弹奏着金属的琴。只有你知道:这最后一次,也是唯一一次。走过去,素不相识的庭院就渐渐揳入你。墙,塔楼,和天空,都在你里面。一个又一个地址,永远离开时,互相模糊。许多离开你的日子,背影叠成一个。你已数不清,你曾拥有过多少永恒?太多了,像一首乐曲中分辨不出的一个音符。你只有最后一次,每一步,是抵达终点的最后一步。石子路听惯了,一个走在末日上的人的单调足音。

幸福,常常同时不得不大声哭泣。但当眼泪不得不向里流,你觉得它,从外面飞进你眼里。一只惊恐的虫子,从风中逃出,拚命沿着你的脸背面朝下爬。幸福,就变成狠狠逼近的寒冷:被一条河在夜晚体验得越来越深。草、树木,怀孕一样,几乎能摸到身体中膨胀起来的冬天的瘤子。太近,有时与太远一样。被幸福冻结成坚硬的一块,与滴进水里,溶解,流失一样。你总是干渴。哭不出来,才真正懂得哭的滋味了。即使你哭了,又怎能不再次背叛这哭声?整个身体里,血肉的条条甬道,都会哭。钟声,够无情了,也在哭。可你,却只能听见那种发不出声音的哭,像哑巴嘴里,被打掉的牙齿。你把它咽下去,再咽一次,不就拥有了双倍的痛苦?仿佛两个人分别经历的死亡合成了一个。在这街上,秋天,是每天。

如果秋天能停住,你能停住,用一个日子度过一生。所有别的时间都成为死后,多么好。水不流了,却仍然是河。一刹那,变成"永远"的河。城堡,什么时候建造什么时候崩塌,没有人知道。但为什么要知道?废墟,多么好。墓穴中仅有一次连在一起的两个名字,被你写下。仅有这一次,语言,用不着翻译,像田野上一片炫目的金色。如果你能在最后一级台阶上,停一小会儿,就将变成自己灵柩的第一位访问者。留言簿,在你签名之后,依然空白。挡在明天的世界前面,也不是今天。你希望死去的那一瞬,如果从来是到处,多么好。

但那样,就不是你了。人,太脆弱了。却还在分享一个越裂越宽阔的伤口。人，太顽强了。你得走，向前走。前，是不是鼻子的方向？一个抵达了终点的人，要鼻子有什么用？难道仅仅为了闻自己日渐浓郁的腐臭？闻着，啄食，像一头热衷于死尸的秃鹫。残酷的主题，在你心里。一如不幸，是每一次幸福渴望的主题。你在不停地走动中，体会一动不动的命运。于是，就学会用这样的口吻说话了。风暴和铁皮屋顶的口吻，出卖的口吻。一座城市被你从上面俯瞰着，你的话在与世界平行的上空，像性交后放松的肉体，无动于衷地飘着。就学会放弃吧。一个没有内心秘密的人多么可悲。你早已注定这样可悲。谁会记得你呢？那张木床，被你压着，却一开始就按照它自己的节奏响。你只不过在代替一个不认识你的人，玩一种谁都能玩的音乐。秋天停不住，它也玩，用一个诅咒，缓缓挤出翻起衣领的行人。

如果你真的知道你在为什么献祭，该多好。如果你真的知道，一个秋天的祭品，需要你的血，而血，能在最后，找回你已经走远的声音。至少，有一种确切的灾难，比纸上的死亡更确切一点儿，让你被抓住。那么，不逃，也是一种幸福。可如果，从开始你就知道全是假的，你选择祭祀的方式，仅仅为了谋杀自己。听着稔熟的谎言，会不会笑起来？

在街上笑，只有在街上，你才能体会内心中被埋葬的深度。街，是你的意象。拥挤的人群，沿着你的骨头走。骨节都空了，白花花的骨髓，黑暗卧室里剥落的墙皮，出卖主人时无所顾忌。你不恨。要恨你恨谁？你只是被埋葬。活埋，理所当然地无权过问疼痛的感觉。面对秋天又高又蓝的天空，谁不是活埋者？一年又一年的秋天，太近了，只有一页。永远翻不过去时，古老的祭祀也永远结束不了。"永远"，就是说，你什么也没失去，因为你从未得到。仅仅，在最不该哭的街上，你哭了。

第三章　散文

黑暗中的墓碑
把我们雕刻得彼此相似

那个夜晚，穿过田野的时候，你闻到一只鸟腐烂的味道，仿佛一棵玉米淡淡散开的甜味，黑暗中充满整个天空。夜里，墓碑又冷又透明。你从背面能清清楚楚地读出自己的名字，多么陌生，肯定是另一个诗人的名字。同时，感到一双手在轻轻抚摸。

那夜，有人来看你。没读过你的诗的人，都会来看你。因为一个没有诗的诗人才终于安全了。现在你有，一棵老树，一小片土地，野生的草，以及河，在远处倾斜地流过。水声，从石头下听去是否更响更清晰？石头，空着，被人看到的只有一个轮廓。天上大大小小的星星，人形的星星，当水流走，只剩轮廓。人们想，你躺在他们中间。可真的你，站在他们周围。

这是散文的年代。

用一篇散文结束一次旅行，是多么冷酷的结尾。你是不是一生在寻找这个结尾？用你的病，和无意中途经此地的人谈话。诀别，在相识之前就已完成了。你曾写下的每个字，在你想写它以前很久就注定了。你只要等着,它们一个接一个来找你。手指顶着胸脯,把你粗暴地向后推去,一直推到日子之外。你,就变成了一个没有故事的人。没有结尾的唯一结尾,轻而易举地杀死滞留于故事里的一切。你得杀死,那在字里行间被冒充的你。就这么一小片黄土,像说漏了一个字,故事,便不得不沦为现实。

写,除了写你还能做什么?使用同一种语言,只是偶然的。而语言本身才是你的命运。呼吸,也是写。你不呼吸,也在写。谁能屏住气,风,就细细地在他鼻孔中走动。什么都不听,耳朵的汤匙,从地下升起时,才盛满从前所有的声音。记忆,不停地写。那张让你忘不了的脸,整夜出现。一根不存在的刺,却能扎得你鲜血淋漓。在梦中,遍体鳞伤。跋涉多年,也无法缩短一个字从生到死的距离。像你自己,插在黑夜的散文里,还是一个字,什么都移动不了。你的恐惧,永远是同一种来自于不可能的恐惧。

于是,碎片,成为你存在的形式。什么不是碎片?躺在田野里,身边的麦茬上,是一只鸟腐烂后暴露的头骨,雪白而纤细。一个精致的雕刻,摆在你墓地的桌上。可你总闻见,它刚刚摔下来时那血的新鲜甜味儿,因此怕看天空。也怕参观,一副婴儿的牙床。一旦被摘下来,就与一块化石同样衰老。像从句子里删掉的两个字,同样不知所措。你不知道,一个不能分裂的现实有什么价值?就写,每分钟被活活撕开的疼痛。自己肢解自己,用一面镜子献祭。可你同样不知道,当镜子碎了,一地玻璃上,成千上万张瞪着你的脸,为什么又是同一张?不大不小,明晃晃的重复。碎,不过使死亡丰收了。

这世界,每天碎成无数个世界。这生命,一碎再碎成更多的错误。直到有一天,连悔恨都不配了。你唯一能报复的,还是把你弄成残废的双眼。瞎了,才看不见,你们多么可怕的彼此相似?在黑暗中,在同一块墓碑两边。

就是这块墓碑。一个诗人的死,总比他的爱更美。而忘,总比记忆更深长。活着,你写诗。精液从空中滴下,孩子们粉身碎骨。死后写散文,你有的是时间,让整整一生参加谈话。甚至,比一生更多,现在你能敞开自己,使用谁也听不见的腐烂的声音。风的旅途中,一个人拥有两个肉体的节奏。像火车上,震颤的节奏。在你以前的死亡,就都回来,重新被你说出。你说着,才明白自己究竟要说什么了。你想说,你从来没被说出过。也不能回答,什么时候才能活得真实一点?或至少,死得真实。你只是零。不存在的东西,有没有真假?这散文,倘若句号写在标题之前,是不是谎言?整整一篇午夜,全文的寂静。参观者的沉默雕像,不知不觉加入了你内心的葬礼。最黑暗的时刻不可避免。你化为零零星星的文字,在天上、水中,发着光。祭祀之后,这早已崩溃的一切,并未移入另一个一切。而远方——

零点的月亮

明亮得怕人

遗作

我用中文写作，一个一个方块字，渗透了我的血缘。对我来说，每首诗，都是一篇遗作。当它完成，只能和我一起承受死亡的厄运。我必须死去，为了在下一首诗中复活。让这些被我恨的文字，再次把我变成无足轻重的影子。

多年了，一本书在我里面读我。是不是可以说，字，使世界诞生在一个人里面？谁都不得不在虚空中，写出"自己的"历史、文化、乃至土地。即使月色，也因为我而疼痛。这本书，仅仅一页，却在每个早晨重写一次。我的笔落下，就听见它翻动的响声。即使那片黄土高原狠狠抛弃我，日复一日，更远地抛弃，它仍在翻动。因为，对于想象的国度而言，一具孤独的躯体已足够庞大。

我渴望获得这个地点。诗，渴望获得它们苦苦等待的终点。也许一间小屋，就能使激动的黑暗显形、结晶。使我惊愕地注视，每个我不认识的骨肉，突然打开我。犹如被称为末日的一瞬，打开通向死后的日子。我很高兴，纸做的墓碑，将把诗人还给诗。而诗，将从一座废墟开始它自己的初次旅行。

不是诗人，只是诗，有权真的从末日开始，继续天空下的流浪。有权遇到别的孤单孩子，在风与泥泞之间，结伴而行。中文不是它的名字，它的名字是空白。完成一首诗也同时完成一片空白。那时，我，就被诗遗下，永远遗下。在遗忘中，我和别的我，拥有同一个地址。声音和声音，抵达了寂静。

寂静之后，我才醒来。

半个幽灵

因为你的头发、皮肤和眼睛,你应当是幽灵。每天,出没于没有你的街上,避开一排排蓝色的实体的人们。因为你的语言,你沉默。沉到最深处时,让自己消失。蓝色的实体的天空下,你孤零零的声音是罪恶。

现在,你有理由怕。无家可归算什么?疼,算什么?逃了这么远,如果不加上些火焰,难民营还有什么滋味?在这个世界上,谁让你活得不幸福呢?要逃,你该逃出人类。逃出生命,你的生命不就安全了?以一个幽灵的身分,逃出蓝色实体的人性,那敲着鼓为你送葬的队伍,不就像是欢迎了?可你更怕,变不成一个完整的幽灵。连死亡都不纯粹,你只是半个。侧着身子,行走在风中,而另外一半是对自己还在咳嗽的躯体的憎恨。

终于不再发生什么的,只有往事。你却真想,应该给往事增加些什么。墙倒的那天,幽灵们一涌而出。同样逃难的幽灵,逃向你们时,谁曾认出隐身于疯狂呼救声中的,是那个蓝色实体的人?谁懂得,日子的巫术?进化成人的代价,总是学会屠杀。比屠杀更残忍,就练习遗忘。如果欢呼之后,这世界穿上一件天蓝的衬衣,就能公开发出腐臭,那么,是否始终囚禁在坟墓里,反而更符合悲惨的真实?

可还有血呢?越墙者的血,越狱者的血,半个幽灵只不过在一阵拖延的枪声里逃。你知道,别人也在逃。因为血,流动时把每个人变成末日的难民。出没于没有你的街上。没有你时,到处是你,甚至包括那些太蓝了的人们。你不怕——如果苦难也有祖国,那就把祖国留给他们吧。

猫科

一回头，总有一双眼睛，在暗处和你对视。看不清毛色，那眼睛仿佛直接长在夜的躯体上。游动。即有小火焰远远燃起。金黄色和绿色，总把你吓得浑身一抖。你再次绕过那个空无一物的地方，同时听见隐约有脚步声，绕着你移动。经过许多个城市，依然躲不开死后又甜又腥的刺鼻气息。

就想起另一只。优美地躺着。一棵小树低低盖过，黑白黄三色，侧卧在草坡上，像晒着太阳睡着了。天黑时就会醒来，伸伸懒腰离去。天黑时，下雨了。就想：大粒的雨滴砸在它身上，准会发出木头似的声响。是回声？谁能坐进自己的身体都会听到。小树上的叶子发光了。雨停后的早晨，鸟在头顶大声地叫。鸟已不怕。这危险的毛皮下，一只烂果子。膨胀起来，世界不多也不少。再萎缩，静静地在草上发绿，越来越小，都臭了。干了的毛被风吹动。你老觉得，它死在你体内某处，残存着某种女性的僵硬姿势，在里面硌着你。不看，也知道它在瞪你。目空一切地瞪。绿荫下，那盲瞳像白瓷，盯着一只只落下的苍蝇。

为什么折磨自己，问，猫会吃死去主人的肉吗？或猫死了，被主人吃？令你毛骨悚然的，只有血。饥饿教会你读一切血写的字。逡巡，舔。主人的血，会不会蛇行？站起？逃出躯体？而皮肤下，你从头到尾战栗着。已经是野猫了，因此躲不开它。这块被丢弃的白肉，总会被你的目光罩住。被这一个你或那一个你变成同类。你就有了陷进黑暗的眼睛，火焰转蓝，你感到胃收缩得太紧像一块铁。

失传的国度

一块墓碑在死亡里保存完好
被吞吐的一刹那 它自己变成瀑布
每一次回顾更换着死者
众多流逝的面孔 使这下午越来越潮湿
骸骨仍记得食肉的经历

——杨炼《水中墓地》

它在你眼前失传了。

它——这块墓碑,也曾镌刻过一个名字。也曾有,酒洒在地上、墓园里开满白花的时辰。每年四月,是鬼节。坟上长出青草,和片片飞散的纸灰一起,装饰山谷。一代一代祭祀的人们,走不动了,变成被祭祀的人们。再变成,鸟叫声中,无人祭祀的人们。

水，也许就在那一片刻涌起，代替了天空。

在你眼前——你躲不开它，你不得不清清楚楚地看见它。

水下的另一片夜色。石头庞大而肉感。给你看，世界本来的黑暗。一只触礁的船，斜斜插进泥土，在生锈。你知道，你们互相注视时，都在彼此无关地生锈。雕刻留下的花纹，只不过是裂痕，被水一摸，就平了。被视线摸过，就丢了。你看它时，才知道它也用你的眼睛在看你。两个世界只用一双眼睛，就看清，自己怎样被沉溺，怎样被一柄石斧劈开瞳孔，同时被它狠狠抛弃。

失传了——为记忆诞生的艺术，使你彻底遗忘了。

写、画，每天一页白纸，是开始？还是结束？或什么都结束不了，只能漫无目的走下去？你想抓住墓碑，哪怕仅仅是自己的，可一抓，就是水。在你手中只有水。五指间纵横的纹路，亮晶晶嘲笑你。镜子中的脸，走在你前面回头看你时，微笑中充满敌意。这就是新的？每天变"新"时，昨天那个死者，又一次死去。又一次，被 页白纸静悄悄覆盖，像雪，擦掉前一个夜晚谋杀者的足迹。哪怕写自己的名字，也不是你。履历表上，一张叫你怕的脸，也不是你。你知道，下个早晨洗脸的时候，这五官又会被洗掉。眼睛、鼻孔、和嘴唇，湿透了，皱起来，随水揭下流走。最后的目光在诀别。你就重新成了一片空白。转过脸去，再转回来，又是一张一模一样的不同的脸。与前一天相比，更硬一点。更干，被时间掏得更空。这一瞬间的记忆，被你写过画过，只是上一瞬间的忘却。就那么忘了：一张白纸插在两个血淋淋的日子之间，你的痛苦，就得再重复一次。而躯体一动不动，是一个地点。让新的死者无穷无尽地诞生。

你在它眼前失传了。

这风景，因此只能有被忽略的命运，船划过，水鸟圆圆地叫着。山谷里没人，连你也不是人。躺在黄土下，多少年只是一天。躺着看，天空摊开一片又白又臃肿的肉。而岩石，狠狠地吃，一切裹在皮肤里的旅行者。难道眼睛，只有变成石头的，才睁开？骸骨，只有暴露，才能摸到最后的孤独？才能说：太晚了。其实墓碑都是活的，都在黄土上行走，走过你身边时，还用手指点，那是一座沉入水中多年的墓碑，水退了才露出来。你想喊：如今被淹没的是你们！溺死在波涛外一如暴尸在坟墓外。你看不见只因为你无力看见。这世界，只存在瞎子，却没有不触目的风景。或者唯一一片，就是你自己。在呼吸中，到处走动。到处成为，整个失传历史的小小终点。被活人用目光洗劫时，笔迹、喊声，都片片凋零。

太近了，近得犹如一个幻象。岁月在墓碑里，而墓碑在躯体里。躯体，一片昏暗。你每天听见它向内坍塌。一座废墟，继续在它的静止中坍塌。塌得这么深，像年龄一样深。那你还找得到自己吗？连自己都找不到，还想找别人？调色板上，远山的颜色，在季节中变幻。传记，搜罗了成千上万个辞。可谁能数清，自己在眼前还剩几根睫毛？左眼，更衰老时，哪天脱落了那最后的？闭上眼睛也不能摸，胳膊、指甲和假牙，孤零零地悬挂在虚拟的黑夜里，像彼此无关的片段。这就是你？可不是你，又是谁？找了这么久，还弄不清，找的是什么？连谁在找，都忘记了。现实在你里面，而你在哪儿？你的艺术，什么都说不出时，就让一块玻璃，滚动在日夜瞪大的眼眶里——给白内障患者，画出唯一一幅肖像。

那你还剩下什么？在日子中腐烂的你，只能想象是被日子更新了。

日子，一个辞，记忆中，堆满了辞、时间，被吸干血液之后，剩下空壳。让你纪念，纪念那早已失去的。在黑暗中腐烂，你只能想：至少有一个恶臭的形式。追上"今天"，你不就新了？追进母亲的子宫，不就又会变成宠儿？就能摆脱，鳄鱼般死死咬住你的死亡？你不得不新，因为除了"新"，你什么都没有。其实你知道，连"新"也没有。每个"今天"，无非是一个预约毁灭的昨天。你整个的躯体，即使为不存在的明天而存在，也不过是一种古老的疯狂：把现在的绝望，交给明天的人们再抛弃一次。

年龄，也是巫术。尸首的年龄，继承着片刻之前，那个街头的行人。一个孩子，是比老人更确凿的腐烂的象征。你用年轻腐烂。在更多的日子里，更冗长的腐烂。日复一日，膜拜岁月的幻象，把自己看得更彻底。每天都是鬼节，没完没了的惩罚。你早已没什么可更换，就看清你不再是那个你了，也不是这个你。你，从来没有你。生命的形式中，散发出更空洞的尸臭。只有这空洞，永远是新的，像上一片刻与下一片刻间填不满的墓穴。亮晶晶的辞,丑陋而残忍的婴儿。

你在你自己的书写中失传了。

你们的书写,整整齐齐排列在阳光下,像墓碑的国度。可死者,孤零零在外边流浪。疼,也在流浪。临终的挣扎和喘息,仅仅在文字中排练。你们用不知是谁的手,抹去自己那双无可奈何的瘫痪的手。瘫痪太久了,以至于觉得再次灵活起来。写不出自己时,用夸张来戏弄。苍蝇的嗡嗡声中,灾难重复太多了,以至于不重复都不行了。每个人的孤独,如果不重合得一模一样,有什么滋味?儿子的黑暗,再刷新一次,正好嵌入父亲的黑暗。而血和肉,生出来一次,为什么不能死去无数次?一首诗或一张画的棺木,早朽了。从埋进土里的那天,就是无底的。就,无一例外地漏掉了你们全体。

你尽管回顾吧。墓地每天回顾。死亡的国度,不得不回顾。可回顾了,你又能看见什么?如今,你每根神经里淤积着泥土,连发疯都不会了。如此笨重,才看见:过去,等在将来的方向。或这墓地,从来没有方向,被水淹没又吐出,你想说,真静呵,静得听不见肉体的语言,只有天空说。天空也沉寂时,就剩你的耳鸣,在你头颅里与你无关地响着。你回头,山谷依然是山谷。没人。

这是终点。每个人是自己的终点。你没有时间,所以注定失传。注定拥有,众多流逝的面孔。没什么可更新时,你成为所有旧的。像这个下午,流不动了,就越来越深邃。你在原地挖。在自己身上挖。挖出一个没有时间的历史,祭祀每一个被遗弃的人。你和那些你，互相祭祀。互相成为墓碑的艺术，轻轻擦去作者的姓名。

一首乌有之诗的血淋淋的作者们，记住本来无须被记住，还不够吗？

食肉的笔记

一

一块肉是一只多汁的橙子。你举起它,看它,在阳光中发出红色的光芒。

一块肉就是全部。它从未属于另一个整体。充血后,通体鲜红地悬挂着。这一点也像橙子。

二

肉,已不止是一种物质。如果你留意,它能够变成任何东西。比如说,哲学。对残忍的研究。一个关于自己怎样慢慢毁灭的题目。被咽喉符合逻辑地思考,犹如挤过一道窄门。肉做的躯体内,肉消失了。月亮升起,像只肥胖的脏手。看吧,连月亮也始终涂着臃肿的肉色。

三

女性的食草者，与死者一样。谁触摸她们，就不得不加入那冰冷的家庭。

食肉者与此相反。夜晚的彼此吞噬之后，他们在清早漱口，吐出无色的水。

四

在尽头，脱光衣服，都是鳄鱼。

五

并排躺在医院小床上的婴儿，饥饿地号哭。你从来不懂，这张粉红稚嫩的小嘴，怎么会发出如此刺耳的声音？鳄鱼公园里，几百条不足一尺的小家伙，拥挤在一个狭窄的水池中，盯着你走近，"嚯"的一声一齐张开嘴。满地小钉子似的尖利牙齿，咬不着你时，狠狠惊吓你。你清楚感到了，医院走廊的威胁。

六

谎言是一个市场，出售说话的嘴巴，和比嘴更畅销的沉默。一只鳄鱼皮手袋，咬紧女人的腕子。一座精雕细刻的城堡，艺术家等待着他们的主人。石墙后面，肉贩子粗野的笑声。他在嘲笑，暮色中，一张尚未卖出的嘴巴紧闭的痛苦。

七

在肉里做窝的鸟，是否一定比在草里，更热爱疼痛？在黑暗的小湖中洗澡，是你把它弄得流淌不停？罪恶的方向，永远有一盏油灯的细小火焰。你们在那儿跳舞。光，在皮肤上，摇动。在那儿淹死。一张产床就是灵床，搁在阁楼里。漆成白色，被风暴洗净了每一点。用肉做的窝，是否非得停留在最高处？好从天空俯瞰，那大地的手掌，怎样从罪恶的方向骤然翻转，把你们一同拍得粉碎。

八

一节卧铺车厢，以撕咬的节奏，颤抖着。铁轨平行地从你们肉体中拉出，像卷尺。无声的爆炸，以慢动作传达到深处。火车慢慢停下。铁锈的站台，拉紧围巾的小女孩，一双惊恐的眼睛，被窗帘挡住，却看清一个诅咒按着，两具残缺不全的骷髅，筋疲力尽地搂抱在一起。

九

一篇小说的梗概是：你同时出现在两个地点。

在辞中的地点，和没有辞的地点——此时此刻的某条山谷，某场雨。孤零零的电话亭。你的声音从那儿传来。断断续续的雨滴,砸在树叶上,证实你和你的话在一起。但此时此刻,你什么也没说。房间里的寂静,能听到鳄鱼的喘息更近。伤口,用血洗过,就白了。此时此刻,你的名字存在。那山中过夜的,用黑暗深深冥想:匿名的躯体正滚动在床上。弓弦绷紧,弹奏,又断了。干枯的木头,像琴一样沉默。你被你的辞,在别处说出时,辞变成真的。你是另一种真。一个人的两种现实,比虚幻更可怕——你不得不双重死去,在同一片刻。

一〇

告别就是用一种更遥远的方式占有你。

天当然得下雨,哭两个人的孤单。

天当然得把雨下到你里面,让你们找不到一个避雨的屋檐,就带着里面的雨声走。越远,越长久。远到无限时,彻底占有你。与整整一个城市的明亮阳光告别,你的孤单,就是全部不属于你的肉——却只为你拚命哭泣。

一一

你怎么走那条昨天走过的古老街道?窗户,一扇是一个终结。就像信纸,再白也是噩耗的袜子。到了笔下,只能是虚构的。用双重的幻象,就能写出一个真实的回忆?一张剪纸上,被剪刀无情删掉的部分。黄昏时隐身看着,这个你已搬走的过时地址。谁在习惯的钟点,开了灯,而那双拉紧窗帘的手,还空着。

一二

一个诗人苍老的脸,不是别的,只是他一生文字的雕塑品。你模仿你的诗,犹如食肉者模仿一块肉。而世界,模仿"不可能的"世界时,最残忍的也成为可能的。

一个诗人对自己的研究,不是别的,只是饥饿对于胃的研究。血不是罪恶。只要血,真的从身上流出。而不像你,连痛苦都是无色的。你不得不用谎言,代替牙齿嚼碎骨头时,错裂的嘎嘎声。这是你嚼食自己的方式,而别人,在你里面被嚼食,也就是说,"恶"的研究,连恶也没有。一个冗长腐烂的年龄,整个是怯懦。从开始就是,扑出水面的一连串动作。对诗人可得小心呵,他恶毒的原则是:越不能实现的也越不愿离开。

一三

这个蚕食着你内心的人,并不是你。这个和你的"来世"血肉相连的人,秘密地在一间内室里生活。从窗口望出去,是另一些窗口。城市,在下面。你的头发下面颅骨下面,世界太大了。脸后面,风景太深了。旧木头中蛀虫行走的脚步,也像蛆虫,在行走。你不知道,囚禁在里面,或徘徊在外面,哪一个更悲惨?就别呻吟了。可沉默,是不是呻吟?哑巴的语言,是不是更疯狂?加上手势,就真像说不出来的样子了。表演肥胖时，也得忍受不停的饥饿。不停地被蚕食。像音乐，蚕食着乐器。疼，蚕食着你，谁能发出类似肉在一口铁锅里的尖叫声？吃自己吃够了，终于可以开始绝食了。最不光彩的拒绝，仿佛在向被拒绝者乞求。

你乞求谁呢？这个秘密生活在你内心里的人，不认识你，且已掉头而去。

地下室与河

一

你想:没有一条河像这条那样,整个是忘却的颜色。谁看着它,就被它忘记,像水面上不停掠过的倒影。水鸟静静滑翔。破木板一起一伏。岸边的高楼,是一道山谷,或连绵不断的搁浅的船只,永远逆流行驶。你的房间,与一座水泥桥墩一样,固执地逆流行驶,仿佛一个对任何问题都要追溯源头的人。

但这次你错了。谁说忘却的源头必定是记忆?春天向前轮回,只不过死于上一个春天。你搬进这座城市时,是冬天。窗外的小花园,用力在风中颤抖。疼痛的枯枝,准备着一个你愿意相信的幻象。你就看见河了,没有行人的堤岸后边,河几乎垂直地悬挂着,看不出在流动,只保持着与天空相反的方向:早晨,微微发暗。黄昏,却又一点一点亮起来。直到划开黑暗的城市里,唯一银白的一线,就那么炫目地停留着。连你睡着了,梦也在波浪起伏。

走了那么远,仿佛只为了寻找这条河。仿佛你住过的湖边、海边,都暗示着这条河。这是第一次,你的整个躯体,感到河就在附近。窗户并不存在。河与你,近得能听见彼此的呼吸,或伸手就可以互相紧握,像老朋友般亲热拥抱。要是在过去,你准还没解开行李,就欢呼着冲出门去,冲到岸边,把手浸进冰冷的水中冻得通红。你得摸到它,才算举行了与一条河结识的仪式。

但,河或许还是河,你却不是你了。

日子一天天过去,你数着每一天。反光,仍在墙上波动。河,被红砖墙夹着,像嵌进订做的框子,与第一天一样遥远。对你来说,越来越远。你是怎么了?像被谁阻挡着,已经老得连触摸的冲动都没了。只喜欢这样被遗弃,一动不动,站在窗前,就和房子一同被遗弃。你仅仅看着河,就已经被淹死。沉船底舱里,你听见狂暴的水正无声灌进来。淹没胸口,呛进鼻孔。肺,死鱼一样炸裂。你听着自己挣扎,呼救,于是更残忍,每天把自己淹死一次。水面一暗一亮,就又钻进漆黑的隧道了。再过去一天,你已沉得更深了。你看河,其实就是看自己无底的沉溺。底,也是一种幻象。没有底,还是幻象。你的漂流,只在窗台旁边。有一种测不出深度的深度。日子流过,河面灰白,整个是一具活的尸体。

什么都没记住过,忘却该是什么颜色?

二

这是一条河与一座城市的对话。

仅仅因为这城市,你才著名了。矗立在入海口的城,被你最后遗弃的一个,因此对你充满敬意。每扇窗户,虚构一个光的神话。本来已经太多的玻璃,把你讲述成太多的故事。于是每个夜晚,你得用不同语言把街道狠狠冲洗一遍。第二天醒来的人们,不得不从一个字重新学起。他们说,这是你的名字。

但你没有名字。河,不是你的名字。地图上数千里的蓝线,对那个站在岸边的人来说,只是他接触你的一刹那。永远刚刚过去。两次眨眼之间,你就变了。咸腥的风,被闻到。还没咽下去,你已不是原先的你了。潮湿的手指,举起来,发凉的一侧,不止是风向,也是你真正流走的方向。在时间中流走,你总在那个空无一人的地方。一个关于你的辞,就让码头、栈桥斑斑生锈。谈论你的嘴,被说出的声音冻结。你看不见地坍塌,以报复各种款式的鞋。让凡站上岸边的,皆乌有。而以你为美为荣耀的城市,也因你从来是废墟。

由于水,河也是第二人称的了。一个最模糊的单数,或清晰得怕人的复数。不流,是死亡。再流,也流不出同一具躯体。"你",这意思就是说:一个没有过去的人,却过去了。醒来一次只是再过去一次。一个城市与一条河,都像个没有故事的人讲的没有人的故事。讲,只为了否定讲。你或许至少有厌倦的权力?

河是什么?河不是什么?你们之间又有什么?

弄脏水面的油,不照样使世界鲜艳——如一头阳光下重新争取出汗的死海豚?

三

谁见过被自己回避的风景？谁的手，能浸入自己不敢触摸的河？

这是第几个春天了呢？或同一个春天里，第几个你？门，还是门；街道，依然是街道；沿河的公园，到处是流浪汉和老人，还有你。总得做点什么吧，坐在长椅上，看天空中，树叶炸开一朵朵小小的云。松鼠警觉地跳跃在树枝上，炫耀叫你羡慕的平衡的艺术。如果你年轻，想象的针，会把它们钉住。虚构的标本，紫红色的小小内脏，像前天夜里，被汽车压烂的那一只。你会觉得，那一瞬，死亡粗暴地翻开了你自己。

如果没有河，在春天后边，宛如背景的流过。你怎么知道，你老了。一只老狗无精打采的目光，突然刺痛你的心了。眼帘缓慢垂下，不再看主人贫乏的把戏。春天投出一根树枝的权力，奔跑，你上当只因为你需要上当。总有一天，连自欺都无力。你知道，孤独并非最后的据点，它只是什么都不是，你才终于怕，怕自己的恐惧。

怕看，任何一个鲜红的小丑，都能诱惑孩子们拚命奔跑。小时候的你，至今还在一张照片上奔跑。但现在，人得重新学着走，慢慢走。装出对春天的兴趣，看每一年重演的一切。其实，你更想闭上眼睛走，模仿深海里的鱼，让眼睛退化，才更善于摸索黑暗。你这一生，什么时候摸到过肉体深处那唯一的黑暗？一只老狗，老得不再理睬招惹它的孩子，是不是勇气？你不再愤怒，只厌倦。像谁说的，老了，才懂得绝望与厌倦，是不是到底向年龄学了点东西？每一条河，从喧嚣开始，倒流成了这无声的。你被时间一点一点挤掉水分，成为与世界无关的。不看就知道，奔跑的孩子是必死的象征。

你再躲避那条河，也没有用。不承认它，也没有用。只要想到它，它就在你里边了。从第一眼看到它，一生就再也游不出去了。现在，只是它看你，怎么扭动、抽搐，妄想逃开这逃不开的厄运。从一个房间到另一个房间无休止地逃。春天们组成的河流，以一具干涸的躯体为河床。把你盛满，你就被忘了，太多的厌倦，已足够被厌倦了。如今，你的颜色，就是河的颜色。不多不少，春天的颜色——而，绿叶就是被遗忘在，窗口太绿了的时候。

四

城市，倘若有一支插曲，那是支安魂曲。

闭上眼睛听，你的身体就从敞开的窗户里飘出去。在街道上空，变得金黄。从来没看见这么多阳光，捶打着高高低低的楼顶。一条石头的河，缓缓流淌，依然有高高低低的波浪。而音乐无所不在，赤裸，如一只鸟，射进阳光就在阳光中融化。鸟的存在，本身就是一种虚无。而安魂曲，即寂静。耳朵的窗口，开向音乐深处的天空，你就在那里了。一支插曲，插进来，今天的世界，就再也回不去昨天了。你只能回头看，昨天的另一座旅馆，不在你后面，在你下面。从下面挤压你，像石头堆砌的五彩珊瑚。你只能飘，在高出城市几千公尺的空旷水面上漂。漂着，俯瞰。这艘被人手精雕细刻的巨大沉船。

你就理解了这个主题：沉默的主题，沉思的主题。没有过去的人，都被过去沉思着，像被一头野兽暗中窥探。没有内脏的人，才追逐地平线。租来的房间里，摆满一个个辞。一首诗，模仿不了歌喉，却模仿着牙齿磕碰牙齿的声音。什么都没有发生过。这日子是空的，你想说，连死亡都没发生，唯一的一件事是每个下午都得流走。河，用泡胀你把你吸干。只剩下风，在枯骨与卵石之间旋转。平稳地旋转着，唱片似的生命，像一句必须说出的谎言那么真实，因此没人敢相信。

今天就连今天也不剩了。

听到天空，用四溢的光，为死者的脸铸造一副黄金面具。整个下午的光，是一大把肉色的玫瑰，在窗口开放。阴影的尺子在墙上移动，测量日落的速度。安魂曲，像一道缓缓下降的漫长阶梯，已经是暗红的。坠落到窗台之下，终于是灰蓝色。最后，被迫的黑暗高潮，在六点钟的路灯中齐声合唱。

你已经走了，从空中离开，加入死人那无须灵魂的行列。

五

在河边住过，你才会问：走出日子的姿势，与走进日子的，是不是同一个？马，从上一步到下一步跑过一生，它的生命是否仅仅一步？波浪，一个模仿一个，一个篡改一个，哪个是假的？或更可怕，都是真的——比谎言更难抵达的，是每张嘴呕吐出的不同真实——你沉重的喘息，是一棵树。垂直落下的河，河在河的黑暗中同样载沉载浮。

你能不能变成一个音箱、一把琴，让周围绷紧雨的弦？

雨声，落进屋内，像一只手，在你身体里狠狠弹奏。不是金属，是木头。每一滴下，水迹散开。你喜欢一动不动地躺着，听下雨的时候，你内部的空，是多么空。连续不断的回声，像用骸骨击鼓。雨，从你皮肤上辐射出去，你的空，就成为世界的。屋檐上挂下的水线，总令你联想起什么：针，密密麻麻的针脚。扎进肉里，一层层缝着。是真不疼？还是你早已不记得疼？连疼，都忘了。水，一刹那流走，你就连真的疼痛也不曾占有过。一件破烂不堪的风衣，有什么好补的？可扔也没处扔，只得继续穿着，展示你的残废。现在，该被厌倦的仅仅是你自己。

这只玻璃匣子，"哐"地摔在地上。碎片，却比完整时更紧地锁住你。水的片段，割开一条鱼雪白的肚子。河，从一个身体流进另一个身体，其实是许多彼此无关的片段，你自己的中空地带。黑暗，像两滴血，怎么分辨出不同？但又决不是相同的。绳子，断成许多截，比原来粗硬的一条更能捆绑你。就那么虚拟地捆绑。你不知道怎么被绑住，才完全无从挣脱了。每一步都踩进陷阱，陷落，就自然而然了。日子。距离。搭成一间间透明的隔离病房。彻底透明时，疯子们就不再挣扎。你已经死过的世界上，为什么还担心野兽？

六

你不再数搬家的次数。两只箱子，和那些纸，五分钟内收拾好。换一张床，就行了。但你记得：每一次搬家，都沉得更深一点。不是更远，只是深。在自己里面，深得不再会为陌生的房子睡不着。其实，你压根不该有房子，在街上睡，不是更吻合你的命运？与有共同遭遇的人争夺一个门洞，才更清楚：什么灾难仅仅属于你自己。雨落在下一层台阶上，这一层是干的，你就不用睁着眼睛等待黎明，像只浑身湿透的野猫。你知道，现在，你们想的是同一件事，虽然你被称为人。

终于，你追上了你自己。这座城市成千上万吨的石头、钢铁和春天，迁移到你头上。你有世界上最沉重的天空。街，也在你头上。汽车尖锐的呼啸，像无数肿胀的脚，纵横交错地踩。比地面更深了。你却想：该再深一点。是不是说：再过瘾一点？现实的深度，加上想象的深度，才等于这间水泥四壁的地下室。你终于追上了自己的归宿。这一刹那，得感谢你的幸运。

朝下走。没到尽头的时候，继续朝下走。号码都没有，铁丝网的小门，有两道。里面，才是那条长长的下坡路。烂纸箱子，破木头柜子，潮湿发霉的床垫，电视机拉出的肠子，夹道欢迎你。草丛越升越高了，绿色阴暗的水平线，把你压向水泥的河底。不这样，你怎么学会拚命看，那与你无关的一切？

野猫也住在高处了，到底你也没数清，它们一共多少只？加上你，又是多少只？小小的食肉类，被都市驯练过，更惊恐，也更凶猛。春天的夜是它们的世界。你得过好久，才不再把掠过高处草丛中的黑影，误认为一群怪鸟。头发中洗不掉的猫屎味道，提醒你：你们能够以彼此的尸体充饥，作为保证，邻居们正肆意地嚎叫……

水泥人，现在你爱这样叫自己。地下室唯一的窗户外，四季天蓝色的肉，失血后，暴露出时间本来的颜色。一堵水泥墙，灰得粗糙，连抹都没抹平，就僵了，笔直地站在那里，不知是晴朗还是阴郁，不知为什么，你总和它对视。从早上到黄昏，像研究一幅地图。你们已如此互相熟悉：你的语言，恰好等同于它的沉默。而它什么也不说，才让你加倍听清自己。壁虎、小蜘蛛，在墙角爬，结网。你觉得，它们是在你骨头上结网。这块巨大的骨头，怎么孤零零掉出你的身体？或你的目光，已把你铸进了这墙壁？没有人知道。你也不知道。水泥人，走到哪儿，都已经是一块浮雕。胸腔下面，被一块东西顶住，坚硬得怕人——石头的心跳，把石头吓坏了。

七

你在诗里写："在家里过桥"。即使是地下，河也哗哗流淌，你成了被水声冲洗的第三岸，想象中沙子滚动。一条沙纸做的可怕河床，狠狠摩擦你。更多的沙子，正被更深的流水漏出。时间就这样开始，像一座死者的城市。而第三岸，以阴影的方式存在，已经和你有同一个年龄。阴河上的摆渡者，不得不乘坐自己妄想的更阴暗的船只。

那样，桥，就无非一个意象。像家，只是另一个意象。从这边走到那边，用多少时间？你来回走，完成一个把自己变老的主题。写，坐在桌子前，有灯就不错了。一天到晚开着灯，你就足够尝到：黑暗的滋味。用黑暗来照耀，一首作为黑暗的影子的诗。你的诗一诞生就开始发霉。

于是，也许不必走，桥也可以来"过"你。这些辞，被一页白纸无动于衷地读过去。可你不是辞。每天呼吸，肠胃蠕动。你想说，没有一行诗，能完全和你一样，活在与白纸垂直的方向。诗，太简单了，一遍遍从头读起，前一天被杀死，转眼又活过来，嘲笑着诗人。诗，太复杂了。而你不同，你活过，就完了。生命再读也是每天的废品，一双写着字的手已无影无踪。日子的深度？你甚至有：失去日子的深度。诗有没有：日子被抹杀的深度？那你们，谁是谁的总和？或谁都不是。因此，你无法容忍一首一次读尽的诗。

现在，你就是一座城市，与河对话。你的骨头，早已是桥上铸铁的栏杆。肉，也是水。一张脸，从来在流动。漆黑一片的瞳孔里，能看见无数小蜡烛，橘黄色的火苗儿，放在河面纸叠的小船上。孩子们欢呼，小船漂走，下游不远处，火光熄灭了。老人说，亡灵把祭品取走了。你抬头看，天上落下一只纸船。更多，漫天蜡烛徐徐散落。这夜晚，除了星星什么都没有。第三岸上没人睡去或醒来。

八

当河向上流去，你继续向下。

思想的台阶，也有走完的时候。在水泥的大地上，怎么扎根？住进地下室，你成了水泥的一部分。器官、神经，被岩浆磨着。钟声，始终黑暗地传来，一点也不神圣，倒像是猥亵的招呼。腐烂，到腐烂也就为止了。老鼠们已习惯于从一个洞到另一个洞游行。死尸彻夜在墓穴中跳舞。谁会从下面敲他们的地板？地下室呢？你还在等，鬼魂们来敲你的地板。太久的等待中，几乎已不相信：还有什么能被泥土呕吐出来。像厨房水槽里，突然咕咕涌出的白色泡沫。用不着回答，折磨你的只是：人，已无力给自己提出问题。

可不问，人，还是人吗？名字下面，也许无非一只野猫，被胡乱交配出来。面孔下面，颅骨的化石，十万年前就已埋下。婴儿稚嫩的脸颊，需要的不是一名保姆，是一位考古者，把早已夭折的生命发掘出来。你一边夭折一边衰老，皱纹，深深刻进头骨。于是思想，从来被揉搓成一团，像丢弃的草稿，当距离消失，同一道鲜红的溪流，展览出人类所有的恐惧。

你的关节，也该生锈了。在水泥卧室里，会生锈的钢筋，是唯一人性的东西。你是说：人造的？冷漠的地址上，你能清清楚楚地记录下，自己躯体生锈的过程：光泽，一点一点黯淡。有一天，变涩了。薄薄的水汽，再也擦不掉。一个早上，发红了。肮脏的红，暗红，硌着你，如一粒尖利的石子。你的腰，就不是你的了。人质，抵押完了，什么也没剩下，你早该记得：一片荒废地基上那些水泥构件的残破肢体。

河向上流去，天空也向上。你选择向下的形式，并非因为独特的智慧。如果本来就不值得记住，那忘却，也不是厄运。走下忘却的地下室，你就有权敲自以为被记住的人们的地板。一块永久冻土，敲响任何一个季节的地板。你就这样，预先埋葬了自己，用你的无人，重讲一遍每个人的故事——

另一个世界还是这个世界。

与天堂相反的方向，却不配称为地狱。

那一定就是河，每条河，一模一样的颜色。柔软而平坦，不像诗，仅仅是一部小说，普普通通的辞，蜿蜒流淌，从悬崖上飞溅的瀑布开始，直到入海口，宽阔而寂静的消失，留下城市，像墓碑，镌刻出小说中每个无关紧要的名字。

你从下面流入这条河。

从你住到河边，却不愿走近河岸开始。在一座城市里搬迁的经历，使你最终成为地下室里的河。年龄，不是得到，是失去。皱纹和波纹中，你该庆幸：似乎还有什么东西能"失去"，那是否也在证实一种反向的丰富？水的神秘，在于每时每刻显示的不在；石头的神秘，在于你摸到它，它就不在了；而你在，就是不在。走到尽头的窘困，被一只远离自己的眼睛盯着，最可笑。你终于厌倦的，不过是在众多言辞中，这世界仍然从未被描写过。你的神秘，意味着沉默，意味着每个喋喋不休的角色，被走出。被抛弃。

河是幻影。看河的你，你们，我们，是河的幻影。

无力终止才最后终止。

九

能认出忘却的颜色的人，才真的厌倦了。对一个个过去的日子麻木的人，才彻底绝望了。节日，使疯狂的，更疯狂。而生日，是一只死亡的渡船，等候你的脚，再一次塞进那只鞋。时间的幻象，却实实在在地把你变老了。这河里，实实在在流淌着水泥，水泥塑成的树枝、女孩和花园，被春天忘记好久了，还在笑着，构成剧场和布景。

你不知道：这厌倦，从哪一天开始？哪一天的哪一分钟？这城市，突然只剩了纸做的房子，压在你心上，最沉重的却是最薄弱的纸。一碰就会破，一湿，整条大街就无声倒塌。而你，将被毫无重量的砖石压死。于是，真的不敢动了。河，呆在老地方，比泛滥还危险，洪水，仅仅在想象里泛滥，已足以令你狼狈不堪。谁能说出这每天挣扎在漩涡中的感觉？肉体的漩涡，活着的漩涡，什么人能成为"耐心的游泳者"？你不能。你累了，你被你自己的漩涡吸下去时，正在街上走着，谈笑。没人看见，那儿一个人猝然崩溃成像人的影子。而震耳欲聋的倒塌声，是笑声。

笑吧。笑，才是厌倦的开始。笑在最后的，最厌倦。搬进地下室，也无非一次排练。死亡，并不需要排练。它只是一次性的成功，和千百次幸灾乐祸。于是，笑，也有了深度。在阳光下笑，你的笑容深不可测。这最小的支流，汇入整个城市脸上弥漫的灰尘，已无所不在。

真正的地下室是没有墙的。

月蚀的七个半夜

渡过之年

谁也不能渡过这条河。

依次向上的同样依次向下:水面,陡立的黄土,和天空。纯粹是固体。每天的流动,纯粹是光。从早晨皮肤般发白的河床里,向上攀登过砾石、四脚蛇和风水树的梯子,天空就亮成悬挂的另一条。在黄昏,夜是一次返回。向下坠落,沿着背水的羊肠小径走下直到水声响起之处,变成黑暗中的黑暗。一条河是一个结构,这么简单。一条河千年万载地流去,一条河从未流去。从渡口到渡口,桥到桥,羊皮筏子的离开和抵达,仅仅是水的仪式。水,把峡谷、堤岸,对称地画满壁画,像一条墓道。用同一个姿势,流入这一天,又流出这一天。寂静。看不见地凿穿大地的躯体。

只要没有人,任何风景都是永远的。
只要,没有一双眼睛,从自己内核里挖出会疼痛的瀑布,任何死亡都是安宁的。

谁也不能渡过一条乌有之河。依次向下的同样依次向上：你们，自以为站在岁月尽头的，该看到自己消失的地方了。该把手伸进土摸：一张碎裂的脸、一群折断的脚、一堆拥挤、粘连的生殖器。黄土的骨髓，比什么都狂暴地从内部握紧了人类。该从土地的、岩石的深度俯瞰生者了。被自己虚构的时间反复激怒着，你们，把全部复仇集合于这一点：自己站立之点。走过日晷、竹简、碑文、册页……无尽的纪元，自开始就注定结束，甚至尚未开始已经结束。死亡之河从每个人血里发源，在风中变黑时——

只要掀开任何一角黄土，陶俑的年龄，都无非一种为你们殉葬的横流天际的狂想罢。

那么，渡过的是谁？谁在渡过？黄土渡过，众花的四季便空空开落；天空渡过，飞鸟即是搁浅的卵石，沉入万古一碧的水底；坟墓渡过，而哭泣的未亡的大片荒草，渐渐雪白，暴露出骨节；而墓碑上的字，总在最后渡过一部辞典；像辞典渡过一枝笔；笔渡过，无数双素昧平生的手；你写，历史就浸透了这一页。写在时间上的全都写在水上。那么，水就是时间的肖像。你只能被时间渡过；站在河边，被水渡过。一个人，一动不动，就被无数人、万物、和小小的死亡渡过，成为无人。就那么与世界整个存在，整个被忽略。在"现在"里，彻底"被过去"。你，就那么，成为一个关于你自己的问题。

只要,一条从玄想到现实的河依旧汹涌泛滥——

这被说出的就必定是不在的。编年史的神话,让五千年发生于一年。这渡过之年,使生者加入死者。你们就不得不用谈论昨天的肯定语气说话,直到完成对每天的否定。直到:上溯源头之上,看河流怎样把自己抹去。时间,暴露出自己没有时间的根。没有。这就是说,一切被记载的、收藏的、炫耀的、出售的,仅仅是杜撰的。这渡过之年仅仅是一个思想,被一颗头颅想到就是被一条河想到,被河想到就已遍布于河的历史。当你们发明了这条河,你们都是永远的。如此黄如此空旷——用一个假定的瞬间,抵达遗忘的瞬间;用不曾诞生过的,囊括无辜毁灭了的;用一篇散文中下临无地的辞,代替已不眺望、怕眺望、没什么可眺望的目光——你们都是安宁的。

直到不可能的,出现了。

十 意象

一、鬼魂

当蓝色,再次成为聚集了阴影的光芒——

蓝,仍是蓝。即使在下午,天空已渐渐显得孱弱,记忆却把它加深了。还是那条石子路,穿过两侧低矮的店铺,通向一个小广场。还是那座教堂,你认出了它,被花岗石地面的网格环绕着,闭紧了门。透过栅栏,发黑的雕像不知站立了多少个世纪。还是——一定是这群鸽子,咕咕叫着,追逐孩子们一双双喂食的小手。从那时到现在,谁曾数过鸽子增加了多少只?或减少了多少只?也许,不多不少仍是原来那些只——没有诞生,如果时间能够被忽略,也无所谓死亡。

喷泉也就在眼前了。圆形的褐色石栏上,有风化的雕刻。铸铁的长椅,扶手、靠背都已磨损。不知多少人坐过后,木头的部分油漆剥落。僵硬,像一架出土的干枯的骨骼，等候你。

你，就成为可见的，被一个地点认出的，鬼魂。

【向回翻：

被那些目光抓住的一刹那，你是否又看见：自己浑身粉红色的肉，湿漉漉的，沾满子宫中咸腥的粘液？血，是你的还是别人的？从一开始，就淤在指缝、嘴角，甚至眼皮下每一道细小的皱纹里。你第一口品尝的也是血。在一条漆黑冗长的隧道里，血，把你呛住。缓慢涩涩地滑动。你几乎挣扎着在爬动。被黑暗一点一点挤出，排泻到光明里。

号哭，为被剪断的脐带，那节抽回到天上的梯子？还是第一滴奶，雪白世界的苦味儿？一座医院，那第一座和最后一座。已注定这哭声，既不是过去的也不是现在的。它仅仅一直响着。像旧照片上，一双永远托起你、洗涮你的手。你暴露着，小小的对谁也没有威胁的阴茎。那么小，就是吮吸也不会膨胀。你能想象：母亲或女护士们，洗净它时有怎样的喜悦。一种透过隐身的年龄被伤害的喜悦。你或她们，总有一天将被淹死在水流里。因此，襁褓中已响起的哗哗水声，从未逃出你的听觉。】

这就是血缘了。鬼魂的血缘。在这个下午，它不是幻象。这座城市，你早就离开了，第一次回来，你明明白白感到那注视。像带着体温，突然能够被摸到。你知道你来过这里。是的，不仅来过。你向风中招手，母亲一定还在那儿。太透明的空气中，你明明白白感到她继续分娩的疼痛。汗，一滴滴清晰地留在皮肤上,来不及被擦干。阳光,一模一样。保持着第一天令你盲目的强度。甚至隐隐约约地,那些手又在摸你。在你的阴毛里揉洗。让你硬起来,像在白昼也能打开的手电筒。这刺激也早已在等你了。死者,一直在等你——返回你早已存在之处。

【向回翻:

那辆小小的婴儿车,一定停在这里。会嘎嘎大叫的橡皮鸭子,一定漂浮在这片水面上。蓝,像一种细细的粉末,或灰尘,四处漂荡。被你的小鼻孔吸进去。这座城市就住进了你里面。也许从那一刻,你就拥有了它的风格:又寂静。又疯狂。四面的雪山,从阳台上就可以看见。隐约飘在蓝色中,像若断若续的云。你还什么也不会说,就记住了春天是寒冷的。光,扎着皮肤,可以毫无温暖的感觉。这惨白的光,来自太阳或积雪?却与母亲的脸一样,刻进了你的身体,像刻进一张胶木唱片上的音乐,从里面狠狠地照耀。你不知道也被照着。直到蓝,莫名其妙地唤起一种恐惧。你四周围着惊奇的、问候的面孔,也像光不肯散去。也许从那时,你已学会,如何躲在一个微笑背后,转过身去。】

都有一个起源。当你被冥冥中的眼睛看到,就暴露出一个让自己为之羞耻的起源。你并不知道:为什么要羞耻。但喜欢、甚至需要这种不停为自己悔恨的心情。像病人,一生的同心圆,都指向一个疾病的圆心。失去了它,每天,也就不再是一个可怕的半径。你觉得:一生无非是一块白花花的木头,总在劈掉多余的部分。与长大相反,你的精神一直在追溯你来到这世界的第一刻。就是说,得用尽一生去理解你从一开始就已拥有的东西。假如它是光,你不得不一次次更怕光。用怕,加强那光束。直到,垂死时光无所不在。与一个婴儿完全一样,在尽头,让躯体显出轮廓。一只拍打翅膀的白色大鸟,滑行。逼近一个被称为"消失"的地点,你的脸才清晰可辨。

鬼魂,就这么必须在一个人之内——一颗无限小的种子,用一个思想包括了人类。一种孤独,用一天包括了每天。看着"过去",在天上急速收缩成一个点,刺眼地亮着。却什么也不是:两千年前与昨日毫无区别。那"现在"呢?你唯一有的,是抓不住的现在。无限的"现在",唯一完成的是与你错过。一双肉眼,看见肉,行走在充溢咖啡和牛奶香味儿的街道上。把被遗忘的距离重走一遍。你,也许反而更像你出生的这个城市的来历——关注没有的现在,使你无所不在。

鬼魂,甚至无所谓究竟是谁曾在这里。即使你从未来过,你也被这张和你一模一样的脸再次诞生了。在一群不知数目的鸽子中间,你眼前一片暗蓝。起伏的点点萤光。一个又一个柔嫩的细小胸脯上,羽毛亮成一片鬼火。似乎刚刚被孵化。其中一只,侧过头,看你的姿势,猝然照亮了暮色——你认出,它是目睹过你上千次出生的、死去已久的那一只。

二、雪

雪是,死人投向这个世界的目光,注视着我们——

那个时刻，脸不存在。衣服从来不是被脱掉的，它只是在手指触及之处融化。白色开始显现。有曲线的白。一具迷茫的躯体，又愤怒又孤独，近似一片无人的空地。冷静。敞开。性，如此突兀，像巨大的伤口。一座空荡荡的大房子，从外面看进去，内部充满了冬天的物质。那个时刻，每个人并不是不同的。我们的神秘仅仅因为我们如此相同，如此近似于赤裸的雪。

下一次我想做一件事，信上这样写。我也想。十三岁的小风琴。

油漆成红色的亭子。白雪里的红亭子。黑树枝，黑爪子抓灰天空。那天我们都戴着白口罩。白口罩里的红嘴唇。

雪在一盏路灯周围狂下。大群淡黄色的蛾子，急急扑入黑暗。灯光，把雪变成一层膜。薄薄的处女。弹性。必须有一面镜子，许多面，让床突起在高处像一个岛。必须有一根蜡烛，许多根，像小树林，升入黑夜。我们就被我们自己围观着，从后面，从下面。光，透过你身上的草。唯一未经修剪的草。透过又遮住，发出沙沙声。两只乌黑沉重的梨，敲打，总能越来越湿润。鼓声呼呼。鼓声，被看见。开花了，被插的花如此鲜艳。被插进，凹处。花瓶深处。本能。

两个口罩。两块白。等着。寒风从两个呼吸间呼啸而过。

两个白口罩。时间的白口罩。这儿真的没人吗？

呻吟声。深深的淫声。更深一点儿。刚刚在抚摸中柔软的,又绷紧了。笔直,如一条弦。弹奏,越瘦越好的,只剩骨头的。音乐。骨乐。古乐。能把人硌疼。在下面,乳房的两片海,灿烂而无知地滑动。再深。在耻骨那么深。攥住命的把儿。游呀!

十三岁。孩子藏进大雪的脚步声。雪藏进昨天闪闪发光的云母。昨天,急促地、干燥地打在我们脸上。我们看雪,就被雪看着;奔跑,也被雪跑过;说话,一再被雪说出。

十三岁,两个白口罩轻轻一碰。第一次。

四肢和四肢的巨大扇贝,张开,绝对覆盖。背,弓起。野兽的姿势,寻找舌头那另一个支点。五指,也要盖住。皮肤,一寸一寸重合。脚绑在床栏上时,那被暴露的,是一个零:唯一的零点。让一具肉体无间隔地过渡成另一具。肉体的滑雪者,乘坐疯狂的雪橇,冲下这条陡峭的坡道。什么也抓不住了,到处是无色的。死人注视着,一滴白、一片白,像唯一一场积雪,又在我们身体里坍塌。唯一一场雪崩。尽情享受的只是可能被弄脏的——只有死亡分泌的液体,被如此绝望地射出体外;只有死亡,把我们变成残骸。

雪在脚下发出皮革声。血液把一根螺栓拧进女性的螺母,发出呼救声:

你,见过,两只动物,交配,多么,紧张,吗?

多美。多愚蠢。呆呆地站着。完了。激动了这么久,隔着一只白口罩,一刹那什么都完了。什么也没发生。什么也没记住。除了北方冬天特有的铁灰色,暗下来的树丛里,两粒小冰凌似的眼睛,多年后仍闪闪发光。多年后当你问:在这世界上,谁还能找出一种新方式,去接吻?那一刻会突然回到你心里。亭子,黄昏,十三岁,都回来。连心跳声都回来了。你好像一直留在那个冬天——

要求,更粗暴的。一把烧红的钳子,像寒冷,从里面把我们狠狠夹住。要求更彻底的。瘫痪之后,路边白得刺眼的雪堆。已经到死了。无力滑得更远了。死孩子,纠缠成一团蹴缩着,已被一排晶莹的牙齿咬碎。拥抱,死雪,最老的童年。

一个轮回的主题。逃,也只有这个世界。从死到生的主题:死人潜伏在一张皮肤下的智慧。不逃,就再被倒空无数次。整夜静静地听,一口黑暗中的枯井怎样重新渗水。早晨,四壁明亮。我们泛起肉色,被死后的阳光移动。

而,那天特意洗干净的白口罩,羞涩中仍忘了摘下来。

三、这里

【练习一】

在第一个房间,我点亮一盏小灯。扶着潮湿的墙,走下石阶。大量的黑暗,裂开一道缝隙,让我把手指探进去。然后，整条胳膊，半张脸，肩膀的轮廓，一条苍白磷光的边。身体是看不见的。也许有门，如一张古老残破的画，在眼前漂浮。被抓住的楼梯扶手，使我加倍意识到危险——一个渐渐逼近、等待刺入我的时刻：某人失足坠入深渊的惊叫声。

但现在是寂静。静默中纷纷扬扬的大雪，穿过脱尽叶子的树枝自天而降。同时，我从我写作的桌前，笔直向上飞去。

【练习二】

该打开第二扇门了。粘满白羽毛的门。蜂蜜，有死者唾液的滋味，和松木的颜色。尾随者，必须在这里读一个神秘的签名。这是我的仪式：所有影子都仅仅是在思想中成形的。因此，没有一个不披着深黑的袍子，既不是男人也不是女人。只是一枝、许多枝被平平铺展到地板上的人形蜡烛。不发光，静静燃烧。我驱赶它们，尽力伸向每一个墙角，尽力去触摸自己黑暗的极限。

寂静，而一只盛满了水的瓷碗响起。寂静，让声音决不止三种色泽。是的，在桌前，我看见一场又一场雪、一个又一个冬夜、一生又一生、一颗星球又一颗星球，远去。什么也没落下，我向上遍历了这一切。

【练习三】

一只男孩子的手，握住锤柄。一张琴，把现实在三个小时中布置了一次又一次。光，悄悄泛起时，不在头上，在脚下。比草还嫩的光，荡开一圈圈波纹，是比眼睛更瞎的。男孩子一无所知，瞪视着黑暗的眼神，是一块面具上早被挖掉了眼珠的。他在这里，作为另一块面具的代用品。与两个房间一样，标明连自己也不觉得的半径。一个圆，用三小时，就证明三小时不是时间，仅仅是时间的否定；如地点是地点的否定；人，一个永远与人相反的处境。

是的——这里。今年没有别的落点，一定是去年。所有消失了的，以我为落点。我的手，无须抬起，就抚摸着空中那群咩咩鸣叫的白色动物。雪停住，松林的峡谷。狂风穿过，大块的晶体摔得粉碎。雪雾，在恶梦深处闪耀光泽。这里，一直在发生一首诗里的崩溃。

【练习四】

坐在这里，因为永远不会有与这里不同的这里。两间房子，即使相距千里，也必定共有黑暗的一侧。让我摸，那像墙的，围拢着。点燃灯火，写，都是一种触摸。黑暗的极限，是看见——每一双眼睛本身的黑暗。这里，一个凝视尽力积累着黑暗的知识。

凝视白雪幽暗的中心。我的光，无限趋近一个看不见的中心。这里，天使当然是存在的，就像一个人一定不在。桌上，一只闹钟继续死者们的思想，响过。那些手拉手摸索回原路的石头，绊倒了。

四、向海复仇

一切都是为了写出一首诗。一首诗之外没有一切。

一切，发生于一种高度：海面，微微隆起，越蓝，越陡峭。最后成了垂直的。一堵墙，一座迫使你看它的山。距离，也仅仅是向上的。你被楔形海岸间那只浑圆的眼球，一眨不眨地盯着。你不得不看，像不得不服一种酷刑——感到，刺瞎双眼的光，不是别人的，正是自己撞上了海、又反射回来的目光。海，把它变成了非人的。不是想象，是现实。一首诗里的全部是现实。一种轻蔑，如此酷热如此明亮。有，你宁愿从未见过的兽性的美。

我们没有一座小房子，坐落在被风暴追捕的悬崖上。没有那些年，把一个人变老。大海，晃动着阴影，悬挂在任何可以是窗口的地方。没有墙壁，因此没有镜子。脸，像一只停了摆的表。我们没有的街道上整天弥漫着蓝色。装饰一个生活的小东西，帽子、眼镜、钥匙、酒杯、旧报纸、咳嗽药、蟑螂，都是蓝色。四季梦见自己的蓝皮肤，做着梦被运走了，像被吃掉一样不留痕迹。

必须写一首关于海的诗，你才能像死者，拥有看海的神秘知识。必须，像你对于一片黄土那样，成为它突起的、最疼的那部分。死亡，不用你伸手摸。黄土也无须掀开一角。它的血就是你的血。它所有的死者都埋进你体内。你，就是自己全部的过去——必须成为海，你才能从海上回来。把目瞪口呆，用海鸥茫然的叫声再证实一次。一场音乐会仅有的唯一音响。你还不懂的语言。两条死鱼,在落潮后的石穴里,还以身上鲜艳的斑点,炫耀着性欲。沙滩,让脚趾感到凉意时,去年的花园是否保存在海上?而去年的海,保存在遗忘中?干燥的风,几乎是呛人的。这荒野,以无尽的乏味折断着鸟翅和一叶帆,在阳光下赤裸裸睡眠。傍晚,泛起肉红色,如一头在自己血泊中抽搐的野兽。必须赎回——哪怕一次——被你亲手抵押出去的"现在"。你的手,仅仅为了欠下更多,插进水里。海,冷冰冰退开一步,把另一条绳索勒在你脖子上。只一步,你就知道,还得死于这条界限:空间的,也许不如说:时间的。皮肤隔开的一刹那,你被否认的形式。但你必须加入:鸟儿猛然跳离悬崖的一刹那。一粒扔出的雪白石子,远远解散为光的一刹那。必须让海发生在你里面,你才是大海无力拒绝的。

双重的罪:这一座隐名埋姓的城市,本身已酷似一座悬崖。而隐身于悬崖上的人,比悬崖更像一个尽头。我们什么也不说,就在悬崖上:放任岩石,模仿肉体索索战抖。在风中,发出最高音;放任海浪,用刚刚诞生的爪子,爬。爬。性别眩目而尖锐。舌头,咸腥如海草。牙齿间遍布黑色水锈——海岸,以我们为原型,创造了它自己的象形文字。我们什么也不说,就比云朵更荒凉。奇形怪状地在水平线上敞开,像一只只低垂的、疾驰的内脏。周围,蓝色臃肿的肉,涌起,又退去。我们向孤独加速:当我们的语言和我们不在一起,比沉默更残酷。每天一个尽头,每个尽头处一片大海。这一片葬入那一片:尽头本身才是无尽的、隐身的。悬崖上空的海,什么也不说就暴露出我们,一个关于死的小小隐喻。

那么恨谁呢?眼睛,与被眺望的海,谁知道谁更单调?死亡的戏剧,拥挤在沉重的蓝色幕布后面,与没有戏剧有什么区别?都是瞎子。面对面的塌陷的眼眶。一只黑瘦干枯的手,没有选择地伸出时,握住一模一样的另一只。你和大海的共同之处,在于都认不出对面那只瞳孔深处的空洞。那你向谁复仇呢?既然这紫色,储存了所有花瓣被埋葬的颜色,仅仅类似你的伤口。你用什么复仇呢?当太像你的辞,正是删去你的辞。食物,并不在乎掰开的是谁的手指;嗅觉,只能被鱼类相同的腥臭配制出来;听,耳鸣唯一的频率中,时间从不为某人的增减而改变音量。就是说:也许有"现在",却没有你自己;或有你,却没有你自己的现在;或你和现在都没有,拥挤不堪的日子里空无一人。死亡的面孔从来只是抽象的、共同的,因此连一根鱼刺也不会遗漏。你的复仇整个被接纳了。而你,再次被拒绝了。那拍打你入睡、磨光你白骨的,仍是大海日复一日恐怖的耐心。

我们从未拍摄的那些照片,大海已一一拍下了。岩石,背着光,用皱纹延伸一片波浪。灌木丛开满花朵,毛茸茸的白色。凶险,像嘴巴。不知什么时候烧焦的树干,显出四肢的橘红色,放肆地垂下。我们从未找到的那只死鸟,大海替我们杀死了、洗净了。一把腐烂得透明的扇子,提在手上,打开,就是美丽天空的镂空的插图。我们在上面。碎屑般的翅膀,在下面。大海不可录制的音乐,在一切里面。隐身生存着,飞翔得如此无力。

是用一个句子发明一条沉船的时候了。是每个地址上一条沉船,每天沉得更深一些的时候了。并不是你老了,才从一滴水中发现四倍的光。或不再恐惧,在一夜里四次鲜艳地死去。是用一扇窗户代替窗外钉死的大海的时候了。你的死,代替那些你的死。多少次,这互相坠入才是足够的?一个家,是为一把椅子发明的。椅子,订做在看海的位置。看到的海,都有一双眼睛的位置。你写,四个海就重重叠起。不多不少,达到一个没有的人的没有的深度。四处,都是此处。而此处,固定在纸上。你活着的标志,就是能这样继续重复消失。

是我们自己不允许,有夏天、神经、一扇门、黑暗的路口、舌头、吻。一所被恨的房子,二十年、光线、根、手抚摸的轮廓、乳头、床、钢琴。铜铸的鳄鱼也许会爬动。我们不允许,到处升起疯狂的海,改变自己毁灭的性质。

这停止的一刹那:死鱼终于目睹人类内心的一刹那。海涌入你,蓝色的尸体,比烂掉还可怕,是经过防腐的。比没有现在更残忍一点,就承认,连一个"现在"也过不去。没有的"此处",有一个地址仍是到处:一个靠海房间墙壁上的反光,不多不少是你的磷光。悬崖,不高不低突入你的呼吸。写。而被写出的,仍是肉质的。愤怒的远足者全部旅程的终点,仍是返回脚下。这复仇的一刹那:死者站在峭壁上,同时又是正在出海的。用一页白纸四次出海。四个尽头逼近一个尽头。当黑暗中"黑暗"是复数，"现在"中，也没有时间了。你唯一的地点包含了所有大海濒临的地点：一个现实，让你无限去抵达。大海无力拒绝的仅仅是这个高度：遗忘的高度，眺望与大海没有距离；死亡的高度，骨骼的染色的花朵，组成你粉红的海底；诗而不是辞的高度，海为什么不是无色的？怎样是无色的？什么时候是无色的？一片酷似你的疯狂之色，使大海停止——在无处；一首诗里孩子们最后的喊声，射中头上那只白鸟。压碎一切的轮盘甚至无须转动。

冒险归来的路上，我们已没有下一个小镇了，也不再会发生任何事情。

五、睡袍

它还是她？没有头发，嘴，眼皮，指甲，僵硬下垂的脚尖，指着离开一尺的地面。衣领，依然娇小。而肩膀，有处女敏感的线条。脖子是它的还是她的？空的，暴露出一只黑色铁丝的钩子。微微点头似的，被挂着。也许是它，也是她——一个上吊的人，在敞开的衣橱里悬空腐烂。雪白衣橱里一件雪白的袍子，里面到处是惊叫的鸟类和海豚。年龄，也许从来有布或丝绸的质地。一阵风就能把这肉体从年轻吹向衰老。再吹向，一袭脱下晾干的皮肤。而她，就是它。扣子，还像生前一样紧紧扣着，从未被另一双手解开过。从来没有陌生的手指，伸进里面，被乳房小小的轮廓所雕塑。摸到，一首诗自心中被孵化的过程。好白啊，睡着了的内脏终于成熟了。变得这么轻、这么温顺，像被驯服的。这么冷，体温还在别人的凝视中慢慢褪掉。阴性的袖子，直接穿在水上。它，每天向下流淌，倒空她。除了一只代替脊椎骨探出的、铁丝衣架的弯钩子。一个人就这样依附一件衣服而存在。

没人能遇见这个女人。她已经死了。一块墓地对于她，犹如生前居住的小城，已够大了。墓碑，东倒西歪，像邻居。隔着薄薄的柏树墙，彼此都不知是谁。铁栏杆，妹妹们冰冷的名字，雪地上已不再有脚印。是否只有在死亡包围下，家庭，才终于和谐了？终于充满睡意？这时候，没人能穿过紫丁香的甬道，敲响紧闭的门。没人能把手伸进下午游移的光，像许多古旧家具中的一件，油腻腻的涂满棕黄色。一百年的幽灵，总在这个时候，蒙着灰尘显现。裙裾，拖过地板。腰，径直从一本书中两页发脆的纸间穿过，却不会碰落什么。即使翻开，也只有一枝干枯的玫瑰，像一小片制成标本的血泊。她已不会病态地站在窗前，想象——黑夜。不转身，就换上睡袍。她甚至不屑于变成一条狗，为护窗板外一只向故居窥视的眼睛，而狂吠。

一件睡袍不会不使人联想到床。当它被揉皱了，被一具女性的裸体任意改变着形状。她的气味散发它的气味。蜷缩在夜晚怀里，一个睡眠总是又甜又腥的。一个女人总像一个孤单的孩子，弥漫没煮熟的肉味。还缺少一道皱纹，那被压皱的：先粗暴撕开，来不及剥掉，就浸湿在另一种性别的汗水里。她是否曾渴望它至少一次被弄脏？至少一次，有不认识的味道。那别人的、金黄的器官，为她点燃一枝巨大的生日蜡烛。而她的怕、她的疼痛，一直照耀到自己内部。那么，是否至少在触电似的、决口似的一刹那，她能够是无知的。对自己子宫的无知，突破了储备太多的孤独的知识。黑暗的一百年，在骨头上刻满鲜艳的花朵。更鲜艳时，不得不发白。像梦退潮后留在躯体里、被自己倾听了太久的心跳声。这同一张床上，当它被从她已死的、无性的肉体最后换下，睡袍是否也会轻松些？终于，完成了一项孤独的服役？从这一刻起，床，不是真的。像阴道，不知是谁的。耻辱，嵌进一篇淫荡的散文，从背景突然变成前景——用尽时，就被忽略。

是不是只有鬼魂的耳朵，才能继续听见：一件空空悬挂的白袍子里，总有轻轻的脚步声？是不是，睡袍离开了一具躯体、才能被众多的躯体穿上——像一簇鬼火点燃了一只阴暗的灯笼？谁睡了？谁醒着？在风中慢慢旋转。被一只看不见的手推着，看不见地旋转。它还是她？慢慢侧过身子，投来一束冷冷的目光。故居的房间里永远是冬季。谁能解释：是什么一次又一次织出这件白色睡袍？比记忆更白，像忘却。死者，被挂在时间之外，必须被忘却，才能再次被误认为生者。模仿一条冬眠的蛇，在反正将蜕掉的皮里无质量地活着——谁说这睡袍不是一件隐身衣？谁看见它，谁就被隐去，被吸入它里面，成为又一个她。无数人中的一个，被一件睡袍睡过，梦游于一条拥挤不堪的海底隧道。

失眠创造了两种恐惧：没有现实的恐惧，和现实嘲弄地把睡袍当作入口的恐惧。寂静本身就是黑夜。它保持着完美的体形，已经在这儿忍受了多少年？空荡荡的领口、袖口，被自己的重量压垮了，低垂进每一个午夜，像那深处一双双激怒的仰视天空的眼睛。失眠者，也并非醒着。比什么时候都更刺耳的钟表声，使睡袍比什么人都更衰老。一个失眠的空空荡荡的历史，在此刻暴躁地渴望捕获一个人。一个女人，至少有一张脸。发黄的纸上，至少，能写下一个表情。承认，死亡确有其事。每一次呼吸一次挣扎，这痛苦至少该留下失败的痕迹。但没有。失眠不允许回避：失眠者既在外面，也在里面，听同一阵风声、和月色，不停地从里面流到外面。早就知道，窗户上正亮起鱼肚白。早晨从未离开，在失眠者的恐惧中不会离开。这已成为一种知识：入口里面，恶梦或疾病，轮番占有一片空白。这唯一的现实，一片密密麻麻被针眼包裹着的肉的空白。悬挂着，像个上吊的世界，让麻雀再次侵犯。衣服从来是不睡的。

这是一张明信片。纸里透出冷冷的白色。纸，唯一的。鬼魂们也能在上面被压印成平面的，到处流传。她的名字如此狭窄，像棺材的单人房间。而睡袍如此宽大，直接披在死亡的内脏上。触目惊心地睡，使世界遍布热爱冬眠的动物。不是它也不是她。仅仅一张明信片。能被寄走的一直张开的网。阴沉的老鼠夹子，在等待，下一个头破血流、吱吱惨叫的被害者。那最后僵硬在空中的细小爪子，细看是否更像一只人手？婴儿似的，可怕弯曲。在纸上填写，刚刚空出的收信人姓名的空格。我们的。排队落入的。而她与她自己排队，等待逃出来。虽然我们之间,只有唯一一扇门,我们却是不可能相遇的。各自的死,各自被鬼魂们的灵感所创造。永远不可能填满,一个哪怕小得躺不下两个人的地狱。缩得更小时,睡袍是睡袍的旁观者。印在纸上的,把挂在衣橱中的,变成新的死者。连空白也不真实时,空白才显示得彻底了。像黑暗,只有被更黑的眼睛看到:它和她,使一张明信片上的寒冷无边了,织成我们的睡袍,以及,我们的骨髓。

六、谎言的血缘

(一)我

混凝土的天空,把我浇铸进又一个早晨。不,这不是早晨。新英格兰没有早晨。或者,有早晨而没有四月。一场大雪接着一场大雪的四月。松树暗绿的手,还在打捞着死者。四月是存在的。四月不得不存在。被雪埋着,没有早晨而有四月。太阳发出去年死草的气味。埋进——

混凝土的时刻,我持续被说出。现实由远而近,持续要把我说出。但是,我是说不出的。只能被现实环绕着,像铸铁中的一个洞。春天的雪那么容易腐烂。像尸体,越来越脏,却越堆越高。与窗台平齐了,就望着窗内。一群浑身灰暗霉点的哮喘病人,望见一张桌子。茶杯。表。剪刀。浆糊。笔记本。一块长方形白色大理石,罗马废墟的残片。两千年前被人手触摸过,如今成了一块镇纸。两千年,死亡都成为固体的。在一个下雨的日子,模模糊糊从泥泞中露出。冰冷,像指头——

混凝土的躯体，轻轻一抠，很容易抠出一只眼睛。或肋骨，膝盖，化石牙床，不会疼痛，却活着。不，不是活着。是等着。这儿那儿，抠出更多的：用我的声音把我的嘴唇抠出。再抠，我的嘴里，一摊血。这儿那儿，两千年的血。和一个早晨搅拌在一起，浇铸成一整块。时间，光滑平整的一整块。没人能抠出——

混凝土的题目，谁是说谎者都不知道。谎言，怎么构成一个存在的理由？不，我不需要理由。自由，没有沉默而有鸟；有鸟，也有沉默；鸟格外刺耳的沉默。这不是早晨，是午夜。这是午夜，同时是早晨。天空坚硬的寂静，把我们粘成一整块石头。

(二) 他

他被我说出。不，他不会被我说出。辞语，杜撰我也杜撰他。一笑，突然彼此认出了。一个人只是一张履历。无穷无尽的表格。杀死？或更残忍，诞生？为了能杀死先让他诞生？关键是：得有一个人，这场策划已久的谋杀，才不可能被取消。爱，任何时候都是重要的。像刽子手对于一颗将被砍下的犯人的头颅。头发梳起来，细致雪白的脖子，连毛孔都清清楚楚。脉搏跳着。被切断的一刹那，血，堵塞片刻，然后猛烈喷出来。除了刽子手，谁能欣赏这什么花朵也比不了的、天空中腥红四溅的鲜血的美。而在自己的血里滚动的头颅，笑着。

那儿不仅是死亡。那儿更多的是生活。名字，都是出租的。像躯体，是无限耐磨的。那儿不仅是语言。他的胃，一样会饥渴。食物、水，象征死亡的逼近，却被津津有味儿地嚼着。不嚼，我怎么享受他的疼痛？终于，他疲倦了。哑剧中的疲倦，观众哈哈大笑。当然了，完美的总是一种彻底顺从灾难的魅力。他还要求什么呢？一滴甜蜜剧毒的奶，被拚命吮吸着，从乳头上渗出来。一群甜蜜剧毒的动物，嗷嗷叫着，哇哇哭，长得与世界一样大，关在栅栏里还是关在栅栏外，有什么区别？那儿不仅是欺骗，漫无目的地欺骗，与真实没区别。那儿不仅是真实，一种快感，其实连肉体都不需要。既然除了谎言什么也没有。那，除了谎言还要什么？

除了他，干脆没有我。除了我，作为他的鬼魂，活在这个世界上——活下去，就足够向自己复仇。

（三）她

她在一个楼顶上解开衣服。这一刻，一个世界的眼睛都在犯罪。

她在一座城市的树梢上行走，在瓦上，无数耸起的烟囱上，无所顾忌地被天空抱起。云，雪白地从肉体中穿过。那已染上天空颜色的胸前，乳头是两个鲜红、颤动的字。两只铃，悬空吊着，叮叮敲响。阳光，随着身体的节奏一上一下，肆无忌惮地从各个角度观看，一个隐身的人的公开的秘密。

岁月把她变成隐身人。活了这么久，连自己都惊讶：怎么离最后一天还很远？早晨，看着天空醒来，总会惊讶一只美丽鸣啭的鸟儿，是不是真的？是不是已被固定在某个树枝上，固定地终生啼叫？暴风雨，也能是一种录音。抽着树，凹陷处一丛丛湿漉漉贴紧的阴毛。草地上，铺满金色的阴毛。那么海，无非一块玻璃。蓝皮肤，另一侧什么也没有。连床上的梦，都不得不删掉。语言，甚至无须被删掉。她什么也不说，就活在谁也找不到的地方。

有他，就必须有她，才是一个故事。不，有他，有她，还有我。他是不存在的我，而她，是他的影子。故事才有了情节。不，没有他也没有我，只有她。更悲惨地成为直接的。幻象比存在更直接，情节才有了意义。不，连她也没有。那么没有故事。忘记故事吧。所有念头只是一个念头，派生一千次，也消失一千次。唯一不变的，是把一句谎言说得精彩的能力。

有他，有她，也有我，却没有故事。四季的系列作品，穿过街头碧绿的小公园奔跑，像棵开花的树。女性的任何人，跑进一个相反于天空移动的方向。有什么必要寻找自己呢——既然消失，在说出之前已被决定了？

(四) 你

你越疯狂地抬头嘴里越涌满血腥。

你不得不仰望鲸鱼和船舶从头顶漂过。一个又一个巨大的腹部，在你眼中解体。

你闭上眼睛，朝里看。眼皮的海面，被光扎着。把你朝里赶：肉的黑暗，在脸颊内部往下流；咽喉的黑暗，磨擦声带；声音，总是从另一个星球传来；

你捂住双耳，于是听到血，那殷红的黑暗，被每天涂上嘴唇。

你在你里面。

你的天空学会背叛你——没有深度的天空，让内脏们各自孤悬着，像一朵朵沉重蠕动的云；你的季节背叛你——黑暗，唯一的恒温季节，像死亡，有能力不理睬你的愤怒；沉得更深时，骨骼也背叛你，你突然发现，它们无非是预先埋入你的化石。而肉体的旧衣服，随随便便扔在地板上。

你自言自语，想象踩过自己的震耳欲聋的马蹄声。

你说：不。

你不说。

你说不出：自己是什么。那能不能说：自己不是什么？什么都不是，"你"还有你吗？黑暗，不是单数，是复数。你也是复数。最后的日子，变成每个日子。你才拥有，一个没有日子的黑暗。仅仅一个辞，就使你走投无路，因而不得不狂奔。

你和你组成谎言的世界。不，你和你的世界里从来不知什么是谎言。只不过，黑暗太多了，以至生命从未抵达它一次。

你说是。

是？

(五)人称循环

你们潜入一只昨夜被汽车压烂的松鼠,找到我们的血,又细又白的肠子,浸在红色里,在早晨冻住了。一团新鲜的泥泞。乌鸦窥视着。饥饿,在他们的惊叫中,被大口呼吸到。每个人想:总有一天,自己也这样狂暴地被翻开、挤出,像刚刚挤到牙上的劣质牙膏。

我们的称呼,总被听成他们的。他们被听成你们。你们弥漫在空中。人称,还是人生?人,是什么?要什么称呼?我们说,只因为绝望。于是热衷,把日子推卸给他们,想让也让不掉,脸上的人皮面具,想撕也撕不掉。他们的挣扎,恰恰是一个证据。证实:沉默的罪恶。那只有继续说。像在一部电影中,把你们赶进来,牲畜顺从移动的肉,追逐一条鞭子。裸露的臀部,因为跪着爬而突出了。哞哞叫。那最后的乐趣,是彼此嗅、舔,被弄得一片湿漉漉的生殖器。最后一次了。再过一会儿,冷冷的刀刃,将沿着扯开、绑住的双腿,从阴部一直划上来。你们被剖出的凄厉哭叫,那本来是,我们的哭叫吗?

单数的所有人,或复数的每个人,坐在桌前,装饰世界的流逝。他们一副不知不觉的样子,在早晨,同时在午夜,在新英格兰,目睹雪化后第一批玫瑰。出现,像一种必然。你们已是一座小小花园的一部分。仿佛,没什么东西会改变。没有人,曾过去。我们敢循环,也就敢一动不动,投入紫红色血管淤塞的圆。改变的只有称呼。不变的,仍是称呼。人称,重复一千次,是比什么都逼近自己的现实——近得代替每个人活着。这第一滴血，贯穿到最后，是比什么都有力的血缘。他们借用你们的疼痛，走出你们时，你们也借用这个早晨，走出了我们。可是，那儿已没有我们。只有鬼魂，刚刚从一个人诞生，并保持在濒死的状态。那儿没有早晨，也没有午夜。连末日都是假的——这日子再平凡不过了。

只不过无力去死。

七、两个春天

仅仅两个？

你之前，多少人描写过，你自己多少次描写过？关于花朵，说得太多了。那鲜艳的、稚嫩的，又准时出现，像幽灵。提醒你记起：博物馆大厅正中，一只巨大的花篮，都是被剪断脖子的，可还支撑着。靠头颅里残存的一点点血液，让脸上再继续一天微笑。是嘲笑吧？潮湿的。大厅里人群走动，也都被剪断了。生下来那天，脐带，齐根儿消失。血淋淋的梯子，被另一只手抽回天上。人，就是一件连回收都不值的东西。像垃圾堆里，尽完装饰责任的花朵。春天，再次被遗弃到你头上。你不得不接受它，一如接受一种关于必然的知识。

也许，没有春天，只有关于春天的描写？

你寻找的是一本一动不动的书。读，另一种写。人物，总是空白的。让你把自己读进去；开端和结尾，总是重合的。你寻找，一个生命的结构。在天空倒映成，死亡的结构。春天，雪化了。土地骤然显得开阔。一年到头幽暗的松树，只有这时绿得新鲜。却都是在纸上，作为一本书的回忆：模糊不清的血肉，被文字驱赶着返青、发情、拼命繁殖。一瞬间几乎活着。在一个"春天"的概念里，不再会过去的活着——你知道，唯一能被写下的，是过去。

春天一跳，就拥有小小的后院。坐在房子里，都能听清泥土在噼啪作响。发黑了。盯着一棵树，就看见树皮上正隆起暗红细小的颗粒，像蛹，还动呢。突然，一个微形的爆炸。一团淡绿色的肉，自蛹中挣扎而出。一只透明折皱的小翅膀，从过冬的蹴缩中，苏醒、弹开、轻轻搧动。树叶，用一连串婴儿的动作，咬破了枝条。当连续不断的爆炸声响成一片，你感到，一股绿血凶猛地从根部涌上脸颊。空中到处是甜味的、会飞的、脆弱而恐怖的爬行动物。鸟也出现了，像被树叶滋生的。浑身火红的鸟儿，像只上了彩釉的瓷瓶，总是从树梢斜斜掷向窗前。你等着，一阵玻璃的碎裂声。但没有。那红色的小妖精被掷过一次又一次，把鸟鸣，果核似的吐了一地。一刹那，草坪渗透了水，美丽得像块渴望吞噬的沼泽。

一本书就够了。说出春天的，都是一株植物，每年被春天说出。叫不出名称的树，用"树"的名称灿烂千百次，其实无非是一次。地址，写进书里就失踪了。正是这个后院，正因为这后院对于你，如此陌生。突出了一个现实，把你从别的现实切下。你以为过：流走的就是不在的，而留下的是全部。你才不会为换一座房子而欢呼。让孩子的笑，凝固在一张苍老得不能再苍老的脸上。一个白痴，被"过去"读到。眼睛、嘴，都空着。牙齿，龇出，纯粹是物质。一块能够钉进钉子的面具。一本书，一个过去的结构。正因为你，使到处的疼，漫延至此处。一个现在，被句子抹去，加入春天的语法。而风，从眼眶吹进来，认出你里面，一片相同的地貌。

这条街上，奔跑，是春天的主题。从运动场弯过来，脚步，柔软的鞋子，把身体向空中弹去。都有乳房了，你用目光摸，伸进运动衫里面摸。两颗尖尖的、会勃起的核儿，远远向前照耀的两盏灯笼，踩着阴影跑做着梦跑。季节的地图，就总被她们的颜色涂满。映照出，一幅没有季节的地图。淡淡的灰色，所有风景的底色。你不用站在窗前，也能听见她们的笑声。被两条赤裸结实的腿夹着。这春天，有什么理由不是疯狂的？再疯狂一点，就认出她们自己的幽灵，隐身跟在，晒成棕色的皮肤后面。你目送她们跑进阳光。

是毁灭注定了这本书，或是书，让毁灭不可避免了？你回头，茫然的目光，早在一页白纸上印刷好了的，认出——任何再矫健的脚，也从未踩到过土地。一个春天是一张地图。关于春天的描写，是另一张。当你同时在现在与过去，你也同时不在这里和那里。两张地图上都没你。尽管看着春天。

把世界抹去，也是一种激情？用文字提前把一个春天结束，更是激情。活，是时间。死，反时间。而你要寻找的，是过去埋入你体内的、无视时间的能力。像一个噩耗。那就不奇怪了，为什么鬼魂都用"永恒"的口吻说话。除了"永恒"，你还剩下什么？也许有一百年。却肯定没有能指出日期的一天、一小时，或一分钟；毁灭的思想，唯一毁掉的是一颗头脑；辞，有耻辱的器官，却不知是谁的。人类的口吻，越确凿，越反证出："你"是失传的。你得继续这失传——彻底毁灭，永远占有这堆血肉。

肩膀们裸露在阳光下。刚刚发育成形的肩膀，清清楚楚地显出，骨骼，在水一样的皮肤下滑动。一只鸟斜斜支起翅膀。也是修剪整齐的。草地，无边无际的绿。不久以前，雪地有同样面积的白。像同一句话，用不同色彩说。雪，就发绿了，抽芽了。而草，一片洁白。阳光，把一只搪瓷盘子漆得一概耀眼。擦拭明亮后，老色鬼，更懂得怎样把玩一种肉质的青春。散发香味儿的、刚刚蒸熟的。阳光，淫荡的手指，把她们按住。太舒服了，让她们不知不觉享受这被按住。一堆雪，被品尝着，不知不觉化成春天的泥泞。老色鬼，因为老了，才获得这肆无忌惮的权利。整个中午，嘿嘿笑着，从女孩子一侧欣赏到另一侧。她们懒洋洋地翻身，用课本盖住脸。睡着，就被雕刻成，浅黑的多余的艺术。

这两个春天里，你属于哪一个？两个回忆，你属于正在把你变老的这一个，还是让你生在它的衰老中的那一个？纸上的仪式，仅仅等着，所有人沿着一条肉做的隧道，落下。成为"过去"时，再也过不去。是否只有这样，才完美了？"春天"这两个字，比一切春天更真实？所有故事，讲出就是真的。世界，用一枝笔下的形象，已活了多久——腐烂了多久，你也学会了多久：编造一个没有现在的现实。并这样，删去任何回忆或被回忆的可能。

仅仅两个：或是字，或是环绕你的山和海；或是书，或是比书更抽象的一个人；或是时间，或是显微镜下四季颜色的时间的切片；或是死者，或是死过的生者，不过去，才抵达空白。连流血，都完美了。疼痛，不可能更完美。一本书的疼，让上千个春天学习不容回避的知识，必然的知识。必然什么都没有，春天的肉体才如此夺目，像一个概念那么夺目。你和那些你，坐在阳光下，像同学。彼此翻开，阅读和争论。一页，又一页，震惊于还有这么多世界等在一本书外面。等待进入字里行间——

还有，这么多血肉能够被流走！

八、诅咒

【场景】

两个地点，两个时间。距离太近了。他的书房和他的墓地，站在墓碑前，就能直视书房的窗口。或者说，墓碑，差不多摆在窗台上，像一块雕上使用者姓名的大理石镇纸。他还在写，被生卒年月概括的一切。太近了，独角戏里的两个人物，互相清清楚楚地看到。互相认出：对方就是自己的布景。被创作出来的一个日子、棺材、裹着黑纱的人流，倒退着，一步步从死亡中逼近他生前隐匿逃避之处。同一条街，在上面踩够了，现在轮到从下面踩。一个洞，躯体被一根绳子坠下去。自己看见，自己蹓跶在吊唁的人群中。看完墓地，再到书房里，空空荡荡的墙，比墓穴还清冷。像幕布落下后，稀稀落落的掌声。这死后的日子，是否也是创作出来的？恶作剧，让生活和它反面一同显现。注意：一个提示——一切必须平庸得没人能察觉，才容纳得下足够的疯狂！

【群众角色】

也许只是日子离开了我。多年了，天黑下来的同一时刻，我戴上帽子，用一条长围巾裹住脸，走上街头。向右转，就是墓园。大冬天还有花儿呢，活人们的纪念。其实，骨头比什么花都开得更耐久、更鲜艳。我总把墓地称为"骨头花园"，死者们一定更喜欢这个叫法。或什么也不叫，连问候都省了。老邻居用什么客气？像街对面的小店，玻璃窗后面挂着香肠，几十年照例雾气朦胧。吃，油腻腻的内脏，本来也为吃才生出来，现在翻到外边，被别人吃，就值钱了。吃，满街的嘴。天上、水里，到处是嘴。汽车晃动着头灯，从身边呼啸而过。冬夜深海下的怪鱼，瞪大雪亮的盲眼，也要吃。更多的街道。街，是最熟悉的，像一部活的轻歌剧。我听见了，脚，在各种款式的鞋里唱着。女人的嗜好，传染给男人。都有一种性格，在面具下暗暗充满了表情，又绝对明白互相接近的危险。于是回避、暂停、等候、大踏步超过，有时愤怒地跺响路面，高跟，钉子脚，用女高音恐吓同类。走，脚比我更清楚：日子，就是每天又慢下来一点儿的速度。有什么东西正离开脚，把它渐渐抛在了后面。而一个人，是脚的累赘。再也追不上，街两侧窗户里透出来的黄色灯光。那些被统称为"家庭"的，空无一人的，没有温度的。灯光，总在前边更远处亮起，在"骨头花园"那边亮起，指出返回的方向。影子伸长又缩短，蹒跚着，比我，更忠实一个我应有的身分。

【剧作家】

最后那些日子，我总在书房中度过。灯光，早早亮了。巨大的橡木书桌一片深褐色，像不反光的厚厚泥土。午后三点，黄昏就落下了。房子里的一切变得昏暗，像死者们又突兀又面目模糊。这时，我就把椅子转向窗口。看，一墙之隔的外面，墓园怎样一点点沉入黑暗。那总是从下面开始的（我很晚才注意到：夜不是从空中，而是从地面渐渐泛起的）：小径先隐去了。然后是铸铁栏杆。树干，像一把尺子，一节一节被吞没。被看不见的手，一节节刷上油漆。墓地，就升起来，渐渐与这座二楼的窗台平齐。世界，残留在更远处的楼顶上。烟，从某处冒出。一丛漏出的白色灌木，先慢慢长高，漫过屋脊。突然，被猛抽一鞭似的一抖。狂风，撕开它想要挣扎抓住原处的指爪，把它狠狠扔过楼顶去。最后一刻，碎屑纷飞。躯体，鳞片，死在背景深处。我知道：我一生写满、又撕碎的纸，也都将这样获得一种不朽的形式。这是我不愿意看到的：我，不得不依赖它们而存在。而它们，依赖误解而存在。虽然它们什么都没有，甚至没有呼声，仅仅，在一刹那保持过呼喊的姿势。

【游客】

是谁安排了他的墓地？这座城市数不清的埋葬之处，偏偏选中了这一处。也许是有名的人物吧：这儿地面打扫得真干净。小铁门,夜晚也开着,让有心人凭吊。当然,也免不了醉鬼和流浪汉。沿着墓碑之间的小路走。两旁灰色的花岗石,用几个世纪互相听不懂的口音说话。死人是不是也得有逃不开的邻居们?或饶舌妇?或总从别人花园里顺手牵羊的家伙?找了这么久,才找到他的角落。如果不是借助导游的地图,谁也会忽略这块石头,简陋得像块随意丢弃的骨头。可这么多人,都是专程来看这块骨头的。这一点也像有名的人物:不拘小节,随随便便就是天才。而我们,穿戴整齐,却只能在他面前肃立,默哀。然后,到他书房里瞻仰他用过的那些小东西,听导游一遍遍说:伟大的。伟大的。

【剧作家】

在我的所有作品里,还没有一个讽刺得如此恶毒的。死,如果有益处,一定是纵容死者肆无忌惮。站在他们中间,像站在过去的自己外边。听游客们议论(间或有一两个敏感的),可他们绝对猜不到,这是我自己的主意。两个地点,就概括一生的戏剧了。比一生还丰富,死后也没完没了。我继续扮演,同名同姓的角色。与以前的想法一样,一个虚拟的角色,却有实在的内容:在他们背后冷笑;在他们之间,跳着走;而他们不知道:他们走着,就在我的剧本中间了。从书房到墓地,没人能走出,我这个最后的戏剧。这就是死亡了。并不是没有时间,只是有不同的时间罢了。错开一步,两个世界就有两种年龄,各自衰老。还争论,用他们和我各自的想象,再大的声音也不要紧。沉默,是最响亮的声音。而他们的默哀,是死后沉默的一段小小排练。彩排?同样虚拟的——他们想是为别人，其实仅为他们自己。只不过，这一次我不知道，如何为他们写下一个结尾。

【死者】

从书房到墓地，只有我们看着，他扮演他。一天一天，手写着字慢慢腐烂，剩下雪白、纤细如骨骼的字，暴露在白纸上。支撑，一只死鸟。于是每天早上，在松枝间鸣叫的，都成了赝品；从墓地到书房，一部剧本获得了原型。然后世界，又以剧本为原型。他的扮演，只是一次次重演。只有我们腻透了，看到他不可能、也不愿意挣脱，一个自己给自己设下的圈套。他以为取笑观众了，其实唯一显得可笑的是自己。其实，两个他，都不是剧作家。一出好戏根本不需要剧作家。有观众就够了——观众，而什么也不观，才集体成为主角了。瞧，连名字都没有。连肉体，都是每天分期付款租用的。这，才避开了关于生前或死后的两个伟大神话。为什么不？——我们都是剧作家！

【生者】

其实，只有日子不停鼓掌。谁都听得到：书房和墓地，一双石头的手，不分昼夜地拍响。像两个终点，从两个方向拍一个人。把两个终点，深深拍进一个人。太近了，以至没人能走完，自己之内这段距离。钟声也总是无缘无故地响。像葬礼，无缘无故地举行。这是他最后留下的诅咒吗？——谁站在书房窗口，谁就正在被坠入墓穴；而自墓碑前眺望的，都依旧留在书桌后面。谁都被一个咒语留在，一个不停驱逐自己的地方。巫术，只有是现实的，才无法回避了。被诅咒于生命与死亡之间，就被生命与死亡双重抛弃了。包括他自己，是自己唯一一部剧本。构成一个处境：被限定在对自己无限的仇视里。所有人，涌入空空荡荡的墓园。黄昏过后，被一个日子再次溢出的黑暗填满——

剧终，完美无缺的高潮：他刚一转身，我们已占有了他的位置。

九、断章

蚂蚁

蚂蚁们看月亮来了。这大号的、为今夜特制的月亮，像糖精一样甜。蚂蚁们为了看到它爬进月饼。

你不得不吃，这大号的、为今年特制的月饼。虽然你从小就怕蚂蚁。至今仍然怕。但这是馅儿，死蚂蚁的馅儿。成千只，拌着糖精吃。尸首的高蛋白。吃得起它才令人敬慕和畏惧。朋友说。

你看着月亮吃。你能觉得：肉里在刺痒。一条又一条细小隧道挖到了头，皮肤上到处钻出漆黑的小脑袋。嚼，嚼不烂的月光。

被盗窃的母亲

我母亲被窃走时盛在一只盒子里。空空荡荡的房间，唯一起眼的是这只盒子。木头的，四面正方黑亮黑亮，还雕了花。用一块褪色的纱巾蒙着，摆在书柜最上一格正中。当然了，盒子都可能是贵重的，特别对一个好不容易撬开锁、溜进来而大失所望的贼。

可当他看清，昂贵油漆下廉价的木料，以及黄白干枯的骨灰，像病人可怕的脸色，他拿这盒子怎么办呢？

那一夜，也许就是我母亲走了这么远，把我从梦中推醒——

盒子没回来：已经第二次，我没有母亲。我母亲没有死后的时间。我母亲的死，丢了。

创世纪

你告诉别人：我是被跟踪的。昨天，还有前天，都有人开车要在街上撞我。他盯了我一眼，转身就走，可我早认出来了，他就是饭馆里给我下毒的那个人。他们总在朝我笑朝我笑朝我笑……

你说完，直瞪着别人的脸，勒索一个致命的答复。

——怎么回答呢？说你完全发疯了？根本没有人理睬你，你连一个谋杀的念头都不值？

或者，干脆肯定你：因为根本没有你。连你的恐怖，都是怕一场谋杀不存在的恐怖。有谋杀，至少有一个能被杀死的人。

——别人告诉你：你说的是真的。

狗梦

一张照片上,我静静侧卧着。炎热的中午,毛色光亮的肚子,均匀地起伏。爪子,偶尔微微抽搐。是做梦吗——梦见了:我是一口被撬开、捣毁的箱子。惨白的肋骨,连在后腿上。头,扭回来。探进腹腔里,像嗅着自己的味儿。早断了。脖子以下血块乌黑,是空的。

一张照片上,梦摊开一块油腻腻的塑料布。刀、秤盘,都能被理解。至少,已经被接受:只剩最后一只脚,却还弹跳着。一跛一跛迎向主人,找到猎物后龇出牙齿笑——我终于把这身足够分量的肉,连整副内脏一齐叼回了。

人皮水果

水果肯定有一张人皮,被晒黑磨破和溃烂。在水果市场上,像人,没人要。

这天气,实在太热了。水果市场上,人,也太多了。叫卖声,沙哑得只有从水果被踩瘪的喉咙里能够挤出来。整条街让向外翻开的肉,湿透了。鲜黄的果酱,粘着那些脚。好性感啊,一股刺鼻的甜,你想起成堆来不及掩埋的尸首。

——帮帮忙这都是无核的上好的啊眼看只能处理给苍蝇啦帮帮忙!

浴室里的蝴蝶

乌黑、硕大的蝴蝶盯着你的裸体。已经许多天,它贴在浴室角落里。就像是被墙孵出的,湿漉漉的霉斑。不知为什么,你觉得丧服般的大翅膀,遮着一张人脸。

你开始怕,开始策划。直到有一天,再也受不了了,用一根竹竿凶狠捅去——捅着了。它掉下来。不,是俯冲,不偏不倚瞄准你的脑袋。目光仅对视了一刹那,却让你看清了:那眼睛、嘴、细小的牙。隐约一声尖叫,女性垂死的疯狂。

"砰"!撞到你头上,蝴蝶失踪了。

得等到第二天,水声哗哗响起。忽然,你浑身僵了:蝴蝶,停在老地方。败叶般的翅膀上,留着昨天弄破的那一块。像一个思想,准时回来向你复仇。

日蚀

此刻,写作与日蚀正同时发生。天空转暗,像傍晚。某种深蓝色,侵入了事物的边缘。某种冷,不同于活着感到的那一种。字,就此写在周围。一只鸟迷惑地呆呆盯着太阳。一头乌龟向树丛深处爬去。

不看,也知道已经开始。云彩亮起来,大块淡红色的云石,磨快一把锻造成形的短刀。之后,更血腥的视野中,只剩一只纯金的蹄铁,朝下狠狠践踏我们。与其说在天上,毋宁说在预言里——现实猜中了,终将惨遭实现的——一地绿叶间,成千上万只细小鱼钩般弯曲的影子。一个不知哪儿来的、黑暗得必须停笔的时刻。

十、知识游戏

(1) 我们所认识的辞

我们总是被这些辞反复写下的。

它们知道:我们将出现在这里。像受诅咒的鬼魂,必须屈服。"这里"仅仅是一所房子。简化到最后,是被称作"窗户"的,面对能够是任何地点的风景。刮不掉的绿,来自一株梧桐或松树,还是热带阳光下一棵棕榈,仅仅在证实:眼睛是它们的确切的背景。看,成为唯一被看见的;像耳朵,没有声音就无所谓存在;手只能接触有毒的花朵;谁在乎是哪只手?既然所有的脸只是同一张摘不掉的面具?——更残忍些,就"知道":一切将毁灭,因此不得不诞生。窗户,"知道"自己将被翻过去,像页空白的纸,成为被风景刮掉的。绿色中最脏的。一双挑选着字眼的眼睛,一次次被字眼挑中。"知道":甜蜜的草坪上,我们将出现,像再三堕下的甜蜜的死胎。

既没过去也没现在。生活在一本书里,与阅读一个现实,都加入了取消时间的艺术。一场雨,反复打疼的地方,不是记忆,是忘却在滋生,繁殖成过盛的——一场不停进行的切除手术,把日子,切割成无痛的。早晨,天空的陈旧银板,覆盖在头顶上。闭紧眼睛,听觉也是潮湿的。雨,下在房间里,滴漏到身体中,就清晰听见,粘稠的血都汪在肥厚的叶子上。鲜红的叶脉,慢慢低垂,"哗"的倾下一股瀑布。床的沼泽,躺,就是陷落。每一个曾试图返回的昨天,都只剩片断了。一封信,偶然浮出几个字句,无间隔地嵌入另一封。下雨的日子是回信的日子。可回到哪儿?任何拥有一个日期的,都不得不是消失的。这场雨不动声色地混入那一场。被称为"雨"的雨,在所有日子里,仅是同一场。我们,总是忘记带雨伞的、在雨中裸体狂奔的。但,谁能奔出自己身体里连绵不断的雨声?就那么弯曲着,保持接受的姿势。接受了——逃到哪儿,一场暴风雨肯定预先等在那儿。上千吨雪白石块,追逐一颗头颅。我们被砸中,像阴郁海面上一座座半岛——

是否每一座半岛都带着自己永远的暴风雨?

或被暴风雨带着。我们停留过的房子,留在信封上,只是一座辞的建筑。我们被收藏在一些辞的体内,也是辞,一些它们。微笑的影子,每天平静地投向周围。辞的切除术,把写下,切除成背景。还没写下的,切除成更虚幻的背景。一个人,靠在窗台上,拍下留作纪念的照片。也得被切掉,切割成复数的、共同的,像想象中总在脚下展开的大海。一个辞,切除了曾作为每个人名字的辞之后,刻在墓碑上:"我们"。

(2)我们所不认识的辞

"鬼魂":生存于每个肉体中。太触目了,以至把人变成隐身的。鬼魂是一种实体,或许是唯一的实体,但又能以不同化身显现：例如记忆。一张模糊泛起的脸，认不确切，却因此更像人类。鬼魂的特征是厌倦——厌倦于必然与不死。幻象在时间那边，与这边一模一样。不是镜子，是同时存在于一堵墙两边。仅仅够看到：挣脱的不可能。对于人，其实只有一个问题：我们是否具备从自己身上发现鬼魂的能力？那从每一个肉质漩涡深处俯瞰岁月的——我们的自我，我们的本质。

"雪"：一个轮回的主题。死亡与想象，找到了完美的教材。当雪在街道两侧高高堆起，人行走在白色峡谷中。"瞬间"几乎和你迎面相撞——世界的雪与肉体的雪，蒙着同一层油润的皮肤。你能摸到，那"变化"的温度。人一生中的雪，或雪中一代代的人。"轮回"，就是被最老的童年看着，一步步走向终点。一个反回忆：直到暴露出今夜的、精液的。活人们的色情，是加入一场雪，变白、透明，生存于死人的思想中。

"这里"：一双脚已勾划出，没有出路的、无限的、现实。

"形而上"：你说，不可能——存在一片拍打到孤独之外的海；不可能有一座孤零零伸向海面的悬崖，让你坐过，读海岸的楔形文字，成为所有签名的原型；不可能移动，蓝是永远钉死的窗户；也不可能停止，你的海，既不移动也不停止，保持着刚刚被说出的形式，成为——不存在的可能。一枝死亡内部点燃的紫色蜡烛。

"躯体"：一个被无数遗传修改过的境地。太近了，以至无人知道，自己被领着，走进哪一个恶梦？或者，哪儿也不去，躯体本身就够了。时间借助于一个形状在失眠。被衣服围困着，像更无须质地的。如果我们已后退到了这一步：最小的、最黑的、无知的一步——除了掐进肉里的指甲,无法证实还活着。那困境,就仍是一个天性:没有躯体就没有现实。但有一具躯体,却又不得不屈从现实。

"谎言":任何辞都比你更古老。这也注定了你的失败——看着自己被砍伐、锯开、刨光、拼贴在书写里的一生。但还不止于此,谎言并非你对真实一无所知时说出的。你说谎,始终有一个要说谎的太真实的目的。于是,谎言就是真实;你知道为什么说。说了又说。直到没有谎言也就没有了这仅存的真实。于是,说就是一切——谎言必不可少;说谎者,模仿着自己的声音,成为被谎言创造者。化身为辞,你从来是一件无须论证,就存在的完美作品:谎言——唯一被追求的。

"书":全部日子只在两页白纸之间。"书中的日子"——概念的日子,活在概念里,"变化"就只是一个想象。再读一次一切也重演一次。自从书出现,活人就成为它的虚幻注释。追忆过去意味着我们知道:现在也会过去。一旦过去就在天上急速收缩成一个点。几千年,和一分钟,在"过去"的概念中是一个相同的距离:没有了。于是只剩现在。一切书中只有"现在"——无限的、远远超出忍受能力的"现在":早已烂熟得尸骨无存、一个比纸还脆弱的"故事"。

"死":谁不曾扮演过末日的旁观者呢?正被自己又一串筋斗逗得吃吃发笑的,是躲在每个人身体中偷看的小小死者。

"片断":逝去的世界,借助于被写下,变成一个人的片断。

"无人称":一个拒绝翻译的辞。因为拒绝在一类语言学代辞和一个人之间,共用相同的名称。就是说:这个辞本身就是 一种存在的隐身状态,又揭露着隐身的世界——"无人"就太简单了,必须有人。但指出一个人的努力,又是徒劳的。剥掉名字的薄薄皮肤,脸还是谁的?谁的都不是,才成为本来的、不变的。人称,人的反义辞。而无人称,不是省略,是删去:删掉这个人,才成为混淆的所有人;删掉能被称呼的虚假作者,世界才被匿名的存在集体签署;直到,一本小说任意修改着人类的骨头。"无人称",一个处境,在辞里发生却不止于辞,占有我们时,是我们所不认识的。

(3) 辞所认识的我们

又一次,我们从外面看着。墨绿色的护窗板。灯光,被窗棂分成小格。又是这个时候,黑暗,像一支音乐响起。老年的音乐,一只在天空中熟透的橙子。用越来越深的橙色,把一座房子移出我们。不再仅仅是看不见的,才疯狂。这世界,越被看清时,越疯狂。像一生,现实是最怪诞的巫术。每一个日子,都是移开的、死后的,把我们留在一把回声做成的椅子上。从外面看见自己——不再过去。

或过不去:关于一本书的书,使虚构还原了。阳光永远刺眼,因为早已被写下。风的辞,叶子宽阔的辞,树木的塔,不悬挂在云里而仅仅在纸上,是一个注定的形式。早晨也是被写下的。我们到来之前,我们已经被写下了。一场缺席审判,判决我们这样出现:必须生活在书里。必然,熟悉结局像熟悉一页菜谱。我们身上的菜味儿,也是我们父母身上的。读,就再次散发出来。

仅仅从外面读：一本没有主人公的自传。缺席者，再赤裸一点，坐在我们日子里的就都是别人。我们自己身上的别人？或，令我们酷似自己的别人？谁谈论谁？还是谁都被谈论着？故事中，死，连死亡都不配；像经历，只经历了一次次填空格的游戏。诞生是一个情节。仇恨，是另一个。我们被植入绝望的肉体，按照剧本纠缠，滑动，绷直与抽搐，重演一遍滑稽的瘫痪。谋杀的情节，增加一把斧头又怎样？沿着仅有的羊肠小道走，从后面正中狠狠劈开。脑浆，是否比思想白？可血，红得如此令人厌倦。也许喷射的一刹那，死者哈哈大笑了：连谋杀，都照搬小说中著名的场面？甚至洗手，也成为凶手们共同的场面。那还杀什么？不杀，也被玩够了。没有生活的生活，所有人被一部没人的自传指定了椅子。另一堆血肉坐上去，只继承一个想象：这时间，刚刚开始。而停顿，与时间一同开始——我们已读到：自己无须改变就是一群活生生的鬼魂。

我知道：我什么都被知道了。

道——谁之道？谁知无人之道？但比无知更可怕的，是被知。当十二个月不否认对于人的憎恨，每个人用尽一生，是否能够否认这一天？知道一个辞，沉默才格外夺目；知道房间不会空着，得坐满了人，黑暗中才出奇不意亮起磷火；我们在我们外面，向辞里看。而月光，在辞里，包围我们。谁不知道——这被辞一层层砌死的同心圆，同样没有出口。写，被写下；不写，就等着。死亡的辞，在身上打下一个蓝色戳记，像打在半扇烫掉了毛的雪白猪肉上、宣布合格的那一种。

我们知道会这样。

那些一

一 抵达

小小的车站隐藏在树林里面。铸铁的栏杆,漆成暗绿色。另一些枝条,刻了花,上个世纪的陈旧图案。有的地方斑斑驳驳。那些凹陷和背面,避开人手的触摸,像充满时刻表的世界上,惟一不怕误点的。月台,列车开出后空空荡荡,像列车到来前一样空空荡荡。雪,白色的空。覆盖到处时,空,独一无二地充斥了一切。车站本身在无尽地旅行。

脚步声。只有这时,才听见自己的脚步声。打着滑,小心翼翼绕开积水和泥泞。都是水泥的:站台、楼道、阶梯、走廊的四壁和天花板,每走一步都发出回声。连咚咚的心跳也像回声。最后一缕阳光,正在染色的玻璃窗上变软,瘫下去。第几次最后?这已是第几次,走出终点站?脚步敲着听觉,用一个疑问迟疑地触摸着起点。这么慢地走,似乎在品味,是否有一个距离,让终点和起点之间,至少存在一点区别?至少,一个盲人，除了那听惯了、听腻了，却还逃不出的脚步声，还剩下一些什么东西。但是不，眼睛闭着也已知道，万物都在单调地重复。回声，在一页地图上复制出来。这从未到过的小站，就从未离开过。不如此想，怎么读懂一生的经历？

小报摊在右边，熟悉的花花绿绿。出口，在左边。又是雪，北方小镇永远的风景。天空暗下来，一个下午四点钟必然的背景。街道上，已弥漫着黄昏。只隔一扇门，就能加入匆匆回家的人群。握住这只冰凉的黄铜把手，用力拉开，晚餐的香气就会扑面而来。灯火，像一个个邀请。瓶装的醉意，有橡木和琥珀的颜色。又一个被壁炉和烛台烧暖的冬夜。又一次，在几毫米之外。玻璃和一刹那，拖迤着世界，磕碰在雪地上，既迫近又遥远。

寒冷扑面而来。出鞘的刀子，精心打磨过，猛然捅进鼻孔、嘴、喉咙。沉甸甸发亮，像股倾注进血管的水银。渗透每一条缝隙，又从所有毛孔中钻出来。分叉的舌头，咝咝响。舔就是剜。好舒服啊，这种剜，能剜到记忆的深度。从一个地点剜下去，挖开血肉中一条隧道，能通向无数别的地点。一个一个北方，用闭紧眼睛的黑，在梦里亮着。一大块固体的冷，把穿过它的奔跑变成一次。回顾保持在零下。精致的细节中，视力无限向后退去。又一片雪花粘在睫毛上，转瞬雕成一粒水晶。看见它才看见过去了？总是这样，越远，越渴望抵达；越快，越不能抵达。而一次又一次抵达，是不是在互相抵消？永远抵达不了。一场记忆中的雪，储存于何处又消失于何处？而此处，是另一场或同一场？只轻轻一擦，就没了。眼前，还是小镇。一样的灯火、人行道、结冰的路面。两盏车灯停下，等着行人过去。

没有名字的小路，通向没有名字的湖畔。长跑者，回答问题时也在颠簸。地址颠簸着，像冰层下嘲笑的鱼眼。那就站住，站在这儿，靠着柏树墙，看，一生中这没有地址、也没有方向的一分钟。冬天的暮色中，小湖是一块微微反光的白。迷路者，是小湖的空白。一分钟够长，够认出，一生迷失的道路，都刻在脚下的冰层中。冰缝的纹理，雪白而细致，与冰面垂直地落下。一个丝绸质地的剖面，几乎会飘荡。太晚了，孩子们的冰刀放弃的地方，更多孩子放弃过自己的疯狂。每天丢失一点，可所有丢失的，又被日日退入暮色的天空保存着，成为此刻眺望的一部分。甚至不是记忆，眺望使天空只有现在。只要抬头，无限延伸的一分钟，就显现一个珍珠母光泽的轮廓。赤身裸体的，被柳枝狠狠抽打着，把摔满冰屑的年龄、叫喊和已无须看什么的眼睛，留在同一边。

那还有哪儿需要去抵达？除了这无所不在的一分钟，谁，能终于抵达什么？车站，迷宫似的小路。教堂像一个传说，忽左忽右地旋转。都无非一只表盘上，夜光闪烁的数字。小镇，在每一个转弯处抹去自己一次。直到，它变成它自己的鬼魂。而访问者，像鬼魂体内寄生的鬼魂。一个回来的时间，意味着面对面撞上一直躲在自己里面的隐身人。那总能躲得更深的——冬夜和眼睛，互相成为视野的一部分。房子、树丛越来越黝暗。它们仍在每天一次无须一双眼睛地黝暗。无须，意即没有什么是能被拉近或推远的。一个窗口泻出的灯光，把雪地染成一小片淡黄色。一颗大星，刚刚开始照耀。一座多少年代纹丝不动的白色站台，垂下一双死鸟的翅膀。深处，没用的，只是距离。

一座红砖的三层楼房，从来没见过，却与记忆中一模一样。记忆把它变成了自己的形象？把一双犹豫不决的手，从轻轻叩着门板的，删改成按下电铃的。一个声音响在到处——或许根本没有手，黑暗中这扇门始终洞开着；根本没有门，站在外面的也早已站在了里面。从第一天起，就没离开过。因此，这块棕色粘垫是假的。粘垫上踩过的脚、擦着的鞋，那些污垢，是假的。一盏塑料小灯照亮的号码下的名字，像塑料一样不真实。太熟悉了，因而足够陌生。这房子，另一座车站。梦中旅行的终点，抵达时，又被梦远远移走。秒针的尖端，那一丁点儿金属，与时针重合的一刹那。教堂巨大的钟声，越过小湖传来，摇动，墙上假寐的长春藤——不知是否会醒来。

二　水晶阁楼

旋转一块水晶。

他到了。这里，一个内与外汇合的地点。阳台上一道小铁门。他向外看就像向内看。一个夜。松树把白雪衬得更白。邻人和风声，被关在外边同时关在里边，像深深浸入一杯酒的浓度。窗帘厚重地垂下。倾斜的屋顶和木梁，让他想起一只船内部的结构。龙骨。没有锚地漂。天空就不远了。晕眩，一阵阵变暖，沿着某只内脏的边缘缓缓溢出。而足迹，留在身后如此清晰。一步一步，宛如器皿内侧的手工刻花。他闭上眼，心里亮晶晶的，空空如也。

水晶的透明度，令人对它内部一无所知。

也许有一张桌子，橡木的，花纹仔细琢磨过。一个世纪的光泽，每天早晨，必有一双手，擦拭它也被它悄悄审视：从皮肤光滑耀眼的，擦到手背上隐隐显现一条细细的皱纹。一页白纸上最初的折痕。动作，也慢了，硬了，再后来，不像在擦，倒像是两块木头互相恶狠狠地敲。互相，听着彼此的劈裂声。终于完全停下来。间歇一会儿，换成另一双，还没尝过衰老滋味的。太琐碎的轮回，因而无所不在？

大自然得花多少时间创造一块水晶？

又是时间，庸俗的主题。正因为庸俗，才成为没完没了的主题？还不如说是一个主题掰开了那些嘴。还不如，让这朵花来谈，插在一只长颈水瓶中，那精美玻璃的高高领子，簇拥一颗刚被砍下的头颅。嘴唇，惊愕咧着，还怔在剪刀或斧刃闪耀的一刹那。还没决定，该合拢或张开？不合拢也不再张开，香，就成了幽暗的、隐密的。死后，被他抽出地铁站湿漉漉的水桶，卷进旧报纸，穿过人群。这种美，不怕成为更弱的、淡黄的，让人欣赏能怎样安静蜷缩着度过另一种岁月。它什么也没说。血不一定非得鲜红。

固体的水。

非得是节日。等了那么久，都是在预约，一个日子深处的日子。圆，既无起点也不会有终点。再走，还是在同一页乐谱中。他想：走不出时，冥冥中有一个演奏者，在一首歌里反复哼唱一个世界的词？甚至从未超出一间阁楼。大海，平铺在地板上。从墙到墙，无数的时差。他坐下，一只小沙发，就被上千条地平线紧紧怀着，想回避也回避不了。他什么也不回避，这个节日，已命名了自己所有的疼。多么好，他喜欢被选择。

用舌头舔，水晶的味道。

书架上那么多书，让他回到另一座图书馆。大街北面，从喧嚣中拐进门，就只剩下纸页声，扇着翅膀，轻轻拂过他的肉体。一点一点松弛下来，再一次，习惯阴凉高大的影子了。黝暗的宫殿式窗棂，筛下串串光斑。谁都在阅读着什么，只有他，在阅读那个"阅读"的意象。焦点，仍在深褐色长桌尽头，墨绿色灯罩下一道被压低的眉毛。也是一册书，翻开邻座那个人。一个手势停在空中，不停比喻着允许他读进去的深度。只到这里。一小时一小时无底的"这里"。而后突然，到了一个合上书、把笔记本扔进书包的片刻。大门带着生锈的铁钉关上。他的昨天在一把锁之外，隔着封面，却回味无穷。

咬它。

都该像银器，学会不怕时间。一只牛奶壶，小小的精致的乳房。镶象牙的柄儿，没人知道，那用剩的生命丢在哪儿？一块骨头，不在乎腐烂才有亮度。一套专为家族设计的汤匙，专用来挖，一代一代注册的血肉？遗传的名字，深深铸进了银子。质地的冷，在壁橱里。小盒子们拧紧玳瑁或琥珀的盖儿。熏香的尸首留下指甲。日子出土，依旧好看。

转到另一侧还是同一块水晶吗？

屏风，这儿一扇那儿一扇。屏什么风？古色古香的东方情调。金漆描绘的小美人，手上的瓶子永远倾下来，却没有水。水神秘地消散在空间里。空间，被隔开才存在。曲曲折折，一间阁楼里无数座园林。假山或太湖石后面，谁总像会盈盈转出来，素不相识又似曾相识，嫣然一笑，悠地飘入另一个故事。他做声不得，只呆呆发怔。

水晶是一座从顶端向下建造的塔。

阁楼里还有楼梯，陡直地上下。上或下？半边留给自己，另半边，留给一个鬼魂。踩着音乐走，钢琴声，有一种慢。从上面传来或从下面传来？哪儿都不传来？它自己活着，飘浮于空中。那样，鬼魂就是木头本身了。一个躯体的重量，压出储藏在自己里面的吱嘎声。向上，在阶梯上气喘吁吁，才知道这些年向下的深度了。年龄，从不是增加，是减去。一个人目睹自己一点点被减去，学到颠倒全世界建筑物的通用的减法。那么，最后一间阁楼，就是海拔最高的一间地下室。鬼魂的领地，周围，群山变白。睡着，不知不觉中，什么人一夜间已完成了一件杰作。他知道，他只有一夜。因为，塔是从顶端开始建造的。塔，建了一生，还远远没碰到地面。

换一只手拿。

三角形窗口，可以眺望雪色朦胧的小径上，孩子的背影。三角形的黑夜，在高处，却不可能不听清，一串喃喃的抱怨声。小小的流亡者,不可能懂,为什么自己被放逐?被目送就像被推着,没入大片无动于衷的松林。孩子,谁更像一个隐身人呢?隐身的目光,触到你柔软的棉衣上,反弹、放大、笔直地射回,在刺痛哪双眼睛?谁该原谅谁啊——当此刻,疼痛不放过任何一个人?

瞧,水晶深处也有黑暗。

蜡烛光,既明亮又黑暗。必须侧过头来看,一块赤裸的皮肤在灯下流。油脂滴滴融化的速度,和声音,滋滋响。肉充溢着香味儿,从一座香炉中升起。弥漫。蛇群扭曲、滑动、攀上高高的胯骨。凹陷里,阴影加倍活着。色情的习性,是逗留在一处弯弯的伤口上。把月牙形的伤疤,亲成一朵花。摇曳的爪子,非物质地移动。一个纯移动?从耳垂的透明轮廓,直到脚趾,让敏感显形。这肉体不是自己的,它寄生在影子上。光流过哪儿,皮肤就被揭示成神秘的旋涡。湖水,震颤,触到一个岸,波纹涟涟漾回。一个纯生命,受不了生命自己时,不得不一次次死。阁楼里,烛光加深黑暗之处,遍布明媚的死。整个世界就寄生于这一个死亡。远看,阁楼是不是像一场连绵不绝的火灾?火星飞溅,四散的蛾子,无从拯救,才终于配这片夜空。

一切都是折射。

加入一。那些一。抚摸是一个故事。一只稔熟按摩的手、一个背、骨节年代久远的疼,是一个历史。熟睡的片断,阳台再次被雪盖满。处女雪,只有一枝梅踱过。梅的足迹，五瓣殷红，浮泛在空中。那干干净净，从不留指纹的，重叠按下，重合的烫伤。再来一次。互相折射的痛苦中，再插进当初的鲜艳一次。无数次相加仍是一。一模一样的孤独，再多经历也填不满——他摸到，肉里密密麻麻梅花的爪印！

水晶无穷无尽。

早上七点，钟声，像一尾鱼，游入他的耳朵。钟声来自小湖对面的教堂。在提醒什么呢？也许有死者，平行于阁楼的高度。树林沉甸甸一片银白，连绵不绝的送葬者。这仪式，是一个人的还是一个世界的？每个人一个世界，所有的世界又被封存于惟一一具躯体之内。就是说，那些一还是一。不多不少。他数着自己的老。钟声钻进，每一刻钟裂开的一条缝隙。每一小时，先听不同的口音唱，再清清楚楚，锤下数字的钉子。二十四小时一个轮回，已经太长了。钟声、难道不比人更厌倦？时间的主题，如此轻而易举，就变成非时间的主题。他要的无非一张床，一口能把万物盛在自己外面的石棺，盖上盖子，随钟声荡漾。仅仅随着，阁楼就不大不小，刚好等于一个听觉。他躺进圆，四面八方是直径。到处是，无所谓始终的同一点。他从来在这儿：一个一。一中无数那些。回声震动。他不知道，或许有的惟一一次敲击发生于何时。只听见，自己绿锈斑驳的青铜外壳嗡嗡不停。

三　虚拟的散步

这是应该走出门去的时候。季节，没有比在林中小路上，更清晰更夺目。阳光，泼下碧蓝得虚假的天空。路面银白刺眼。一面镜子，倒映出车辙、雪橇的轨迹。孩子们的小靴子，一步一滑，摔倒时，笑声闪闪封冻在冰层下。三天的大雪后，这个阳光灿烂的周末，封在冰下，才格外鲜嫩了。严冬，每年醒来一次，把冷，用锤子准准砸在人们指尖上。走出门去，谁都能亲眼看见，树木的躯体咔咔作响，正被寒冷刻出另一圈年轮。谁，正数着谁成群的脚步，渐渐汇集、渐渐没入仅有的一行足迹。

"当你回来，树该空了。"谁说过这句话？不知不觉，被一棵棵早已空空荡荡的树包围时，谁又记起这句话？一个声音展开两个场景。两双脚，踩着同一个节奏。隐藏在冬天里的秋天，残存的叶子都被霜打过，厚厚的亮，叶脉泛出红色。成千上万枚小金块，在风中噼噼啪啪敲打。一棵树，在空中挥舞，一只浑身镶满金属圆片的铃鼓。还没空呢，还能用一个幻象，遮掩那最后的空。谁走在前面，还领着一只手，拨开火红的干茅草，去找那棵被风暴击倒的小树。树皮雪白而细腻，眼睛似的大斑点，暗示另一种器官。更羞涩的，枝干，并拢、交叉，酷似女孩子的双腿。都死了，还没忘记耻辱，还捂住要害，提防陌生眼睛的一次偷袭。"当你回来"——回到哪儿？谁等在你许诺返回的那儿？收容秋天的冬天，不是未来，是现在。把曾在的，变成没人的。谁还等在无人里？像一个预先留在每片叶子深处的空白，惟有叶子们能指出：除了本来的一无所有，其实没什么，能失去。

从城堡旅馆向下走。一年，总在向最黑的一天走去。路，坡度就是高度。脚边的草，从浅绿开始，总在渐远渐深。墨绿之后，渗出点点枯黄，湿漉漉的，宛如肉里渗出的沼泽。谁在想：如果还能有第一次——间隔多少年，遗忘并未把昨天洗劫一空，却把它洗净了、择清了——得怎样狠狠咬牙缝中这个词，才不至于说错？一个名字，背诵得太久，不可能不说错。谁叫着，近在咫尺的一个人。近得足以摸到，上一生、上上一生在轮回。就是说，谁一生都在重复做一件事。一件事已做完了这个人。谁的墓园，就在那边。东倒西歪的墓碑，被锈蚀的铁栏杆守护着，退隐成树林的一部分时，也沾满粘稠的绿。仅仅一条峡谷，越过去，那些或许已逃出轮回的，就一定得再被捕捉进人类的轮回。而捕捉者，将听到哭泣还是嘲笑？多少年后第一次，谁和谁并肩走过。只一次，已把多少年删除干净？这是再生吗，为了细细咀嚼再一次的死？谁死过，让谁停下，在石子路上肃立一会儿，向小峡谷那边默哀。同时感到，有什么充满了，一具被温暖掏空的躯壳，和大山的寂静。

雪盲症，是这个词。雪中的盲还是盲目的雪？谁盯着雪看，就一定能认出，潜伏于自己眼底那片黑暗。那片夜色中，月亮周围一圈昏黄。风暴的前兆，凸出在天上。下面，微微凹陷中，是一座宫殿的废墟。那么简单、粗糙的结构，被树梢浓重的轮廓勾勒着。一百年，仿佛什么也不曾发生过。就够了。一个风圈和一片土地，已涵盖了一切。这一夜是哪一夜？幽幽烛火，在窗纱后面被点燃还是熄灭？青铜的仙鹤，正踱上薄雾中汉白玉的台阶，或缓缓陷入泥沼？脖子的线条，妃子雌性的脚踝，无论交给皇帝抚摸或刀刃一挥，都已沦入一只野鸟纤细的象形文字，再写一遍，仍然被擦去。一条坑坑洼洼的黄土路，离谁家不远。谁特意出去看，那触目的、不变的。因为黑暗才不隐匿。天上地下，除了前兆还是前兆。谁和谁在用各自的盲目互相看到：深藏在眼睛里的雪，只是同一片。飒飒风声，由远而近，向盲人揭示，这一夜多么坚硬。

多像一张脸，被镜头捉住就停在现在。照片，活过的一刹那。用薄薄的平面，模仿一个世界。又翻过来，暴露脸后面的白。底片，无限冲洗下去，谁就是繁殖不尽的？过去的每一刹那，其实只是"过不去"的片断。那些一，都是"一"的片断。在公园里，微笑，一次性被拍下。谁就一生都得被找到、被捉住，印成千万张，滚过一地玻璃碴。只要那根无名指，依旧举在头上，背着光，让太阳狠狠咬下一小块儿，草坪和漫步，就在背景上无边无际。谁都不得不坐在，一座永不凋谢的花坛旁，装饰一个纸做的现实。纸上的春天，丢进抽屉或悬在床头，都不怕磨损。谁呢，站在那儿，不怕松柏绿得发黑，琉璃瓦蓝得发亮，不得不无限年轻下去。无限，像谎言。那么美丽的，被装订成一册，掷向空中，重温定形的过程。让记忆篡改吧——让一滴定影液，注定人是无痛的——当记忆与遗忘再没有不同。

一座夏天的城市，永远等在前方。众多码头中的一座。渡轮往返，栈桥下浪声拍打。海鸥，稳稳浮在风中。羽毛一片片翻起，被霓虹灯染得红红绿绿。大海或血腥气，泛着胃里咸臭的味道。失散得太久之后，重逢，有一条死鱼的味道。怕，才等在这个既是出口又是入口的地方，既迎来又逃离。一动不动，同时不停擦肩而过。一盏水银灯下最显眼之处，谁站着，又渴望被藏匿。谁也不怕，变成一个赝品。原作，高高站在船桅上，是那只四处张望的海鸥。等到的雕像，铸铁的，斜视着讪笑后来者。但不等，又怎么办？其实该问：等到了能怎么办？谁也不能摸。一摸，一个地点就会猝然崩溃成一条隧道，向后退去。那种空，就比空还空。手上的触觉，越具体越乌有，像超级市场中一次梦游，走过橱窗之间，同时被陈列于橱窗之内。问候，被问候。海鸥的韧性，是坚持等，那千万别被等来的，好至少保持一个美丽的幻象。至少，别发生这样的事：街口上红灯亮起，笨拙的嘴唇，从后面触及一束头发，就那么短短一瞬。

"应该"是什么意思？"谁"，不是一个提问，是肯定。一个无所不在的主语。应该走出门去，把脚步声，充满这个明亮的下午。冬天很美的树林，炫耀着枝头的蓝，投射到地上。此刻，谁走，谁就是倒影。走到底，一个没完没了的诱惑。但为什么不？加入这世界，远比站在外边，更疯狂。向谁走去，远比漫无目的，更残酷。一定有小路，从城堡出来，擦过树林边缘。一定，猎人的空椅子，还积着雪，静静坐在木梯顶端，瞄准不存在的猎物。一定会摔跤，摔在亮光闪闪的小湖上，干燥的冰末，一拍就没了。一座屋顶阳台，一定在路口上犹豫不决，视线的焦点，锁住夜色中海湾对面那一片灯火。就懂了：一定得走，因为哪儿都不去。一定得在自己之内，遇见所有人。什么也不可能错过了。速度，并非距离的证明，恰恰相反，是走投无路的证明。世界紧紧围拢。一间阁楼的四壁，缩至更小时，仅是一张床、一把椅子。人的直径，已足够去跋涉。躯体，实实在在的虚拟，都是谁。没一个是谁。四面八方，散步的碎片，享受着假日。那些人听不见，一道拉紧的窗帘后面,屋檐上的滴水声,在心里轰鸣着巨大的回声。

四 墓碑

那些一相加还等于一。诗,实现了一种淫荡的数学。诗人的全部努力,就在于此:"把每一秒钟打开成一个小小的无限。"这已包含了一个反问:无限,是否能被涵盖于一秒钟之内?一个自相矛盾,在惟一的"无限"与数不清的"一秒钟"之间;在整体与部分之间;在不可比、彼此无关与强行的入侵行为之间——混淆在于:"无限长的一秒钟",等于停顿的一秒钟。一个现在等于时间的全程。这是不是一种荒谬:概念在推翻对它自身的设定?直到,每秒钟成了一个"非单位",而一个不可思议的句子由此成立:现在与时间互相排斥。是的,排斥。或者说,无意义的合一。因为再多无限的总和,只是同一个无限。诗人,惟一的目的是活一次、占用一次,哪怕再短,就一刹那,如一个猝死或一场纵欲。

*

激情的存在,不是心理的,却是物理的。或更直接:一种"物"。问题仅在于:如何界定它?研究该从哪儿开始?什么刻度,能指示我们越过了"之间",已进入另一侧的界限?睡衣,微微敞开一道缝隙;嗅觉埋进皮肤享受着刺激;手指尖上一丁点儿质感——在缩短,还是扩张从一个人到另一个人的距离?欲望,把一个作为目的的肉体,推得如此遥远。以至一个无人的空间，随着两个人的接近，不停加大。触及就是排斥？一枚精雕细刻的耳垂、浅浅芬芳的腋窝、肚脐下半月形的伤口，暴露就在遮蔽，那被臆想的、彻底融入他在的可能性。能敞开就敞开，整整一个世界，被目不转睛地俯瞰。在下面，灿烂而无知地滑动。视力完全消失之处，一个人只是一团弥漫的黑暗。那既非主体又非客体、兼备实有和虚无双重性质的，湍流，四溢，淋漓直下。这模糊的。谁在说：腐蚀的。一条界限，不停侵蚀着它的两侧。这"之间"，用可怕的之间性，吞噬了此在与他在的任何区别。直到，插进最深处，也是迷失最多处。"之间"渗透了一切。无人，渗透两个人。五指重叠着五指，四肢纠缠着四肢，舌头寻找到舌头。相斥中，被体内交织的万有引力牢牢吸住。逾越不了了，因为，没有能被逾越的无边之物。

*

什么是一块墓碑？这个问题中，比"墓碑"更难回答的，是"是"这个字。一种肯定，一个确指。"是"要求精密度，仅有种族的类同不够。因此，"一块"，必须是"这一块"——从家里出来，沿东南方向那条林中小路走，十五分钟后右转，左侧就是墓园，××区××排×号。黑色方形大理石，平平铺在地面上。谁都能读到，他的名字和生卒日期。还有你，作为立碑者。鲜花，他生前最喜欢的那一种，也在强调这个"是"，是得不容置疑。但麻烦并未终止：这墓碑只"是"一位模仿者。某个死亡哑剧的候补演员。全部戏剧性，无非以它为线索，聚焦于死期降临前一个人的生活。藏身石头背后的，那相貌（偏于英俊的父亲或乖戾的母亲）；那性格（得自私生子的遗传？）；经历（在你之前的和与你一起的）；爱（"相依为命！"）和病（麻醉机、开颅术、昏迷、输氧器、停）。与其说墓碑纪念死者，不如说它杜撰死者。谁也不是存在的残余。存在，只是这个想象。站在墓碑前的生者，面对着"不在"，而能加倍地体验真。哑剧延伸到我们身上时，生者也会嫉妒一位死者。他在幻想中活着，不是作为"他"而是作为"我"的一部分。墓碑代表了，虚构对现实的入侵。与追悼死者的托辞相反，它把生活组织在自己周围。不期而然的演绎演变成本意，恰恰"是"了——它不是的：没人能离开，这块孤零零的石头。

*

充满"空"——把空充满，还是被空充满——任何语言总带来歧义。空，召唤着充满？或越充满越感到空？两个方向，却在一个努力中成正比。"空"的性质，是坍塌、陷落、吸入、下坠、盲目、窒息。由此，罗列出一连串意象：苍穹、沼泽、陷阱、女性、墓穴、辞、意义。"充满"，字面上洋溢着奔放的气息，本质上却是虚幻和自我怀疑的。一种预知孱弱的强大。找不到终极时，不得不把每一刹那的磨擦想象成一个终极。总是一刹那，发生于狭窄的隘口上。突破它，一块本来萎靡虚无的空地，便骤然涌进了质量和体积。皮肤不在了。每道小小的丘陵都是危险的。颠簸，必须一毫米一毫米领略。一个角落一个角落地,摸遍深谷和灌木。胶着,持续,灌注,挥霍,一次次反复,无尽地馈集。充满的过程,宛如一次论证:温暖的黑暗强有力地收缩,像攥紧了、一点点挤出那个毁灭。这样,同一个事实,就经由两种状态指认出来:这里,永远既不够空也不够满。最空,恰恰源于最充分的满。这是不是太可笑了:仅仅去印证结局的可悲?"不够",已使所有意象沦为同一个意象——那无底的——永远的渴望和永远的悔恨。

*

不能说我们认识一位死者。当死亡洗刷过那张脸,他突然变得年轻了。眼角,被擦掉最后一滴泪水,一道光骤然划过。某只看不见的手,在轻轻抹平皮肤,脱下他濒死前挣扎的痕迹。甚至,照亮五官周围细小的皱纹。此刻他是谁?这躯体已成为一种象征。一个不停的、静止的、删节的动作。虽然,删节之后,什么也不会失去。借助于死亡,死者转化为一位冥想者。他把自己擦净,站到自己一生的对面。与我们一样,静静审视那个"别人"。那像他的,以某个形式稍稍逗留着。而第一阵风,就会摇动"自我"的幻象。一棵玻璃大树上亮晶晶的叶子,无声碎裂,纷纷飞走。视野就再次空空荡荡。没有什么风景,经死者思想的窗户过滤后,不是无色的。我们死死抓住这谎言:那注视还在——像挂满床头、桌前、墙上的照片——死者并未离去,他每天和我们一起生活。这恍惚浑然一体的存在,令人既困扰又安宁:没有他,我们还是完整的。死，只是"灾难"，短暂地发生过。相对于每个早晨醒来的"必然"，他突然的离开更像偶然。我们维护着这个微薄的希望，刻意回避自己的瓦解。可事实是：一切与想象恰恰相反，我们自己才是缺席的。在抵达他那儿之前，没办法不缺席，因为座位是隐身的。死者用我们不认识的微笑，眺望我们的无知。光也是不认识的。光从里面泛起，无须照耀到外面。他层层透亮的脸，找回了丢失已久的：那个不可替代的"他"。一次性的全部存在。一位冥想者刚刚诞生。

*

最完美的运动形式，是不动。抛物线抵达最高点。上升的力拉平坠落的力。一个状态，在意料之中又难以理解：静止于运动。一场双脚不离开地面的舞蹈。一只鹰跳离树枝前的一刹那。它的能量在于：所有方向都浓缩成一个点。在那儿，世界冲撞着蜂拥而入。最完美的意识，只有当意识到彻底不在。都停了。焚烧之点上，时间是自足的、透明的。一个目的，静观自己被实现的过程。也能说，它构思、描绘、涂抹和欣赏，扩张得几乎撕裂的、被双手拼命掰开的、尽情爱抚的受难的曲线。如此吞吞吐吐、踌躇、过敏、柔弱得甚至受不了一次鼓励。其实全部只取决于耐心，忍住一个深度。全部要学习的，只是事物的智慧——如何在活的极致上抵消自己。浪拍上最高点。真空中失重的晕眩。脑际这片空白直接过渡成那片空白。别人的空白。但又有什么是别人的？灰烬，不动，就收回了过去。我们的血肉震颤在，一个贯穿了全部震颤的绝对的死寂上。命定的牢狱。自由。

*

　　主动停止与被动停止，那终于停下来的，是什么？激情与冥想，同样的一秒钟，互相模仿着，互相在沉溺？一块墓碑，有时并非意味着过去的关闭。相反，是一次敞开——向无数个不同的过去敞开。那些一，脱掉隔离的语义学，还原成一个现在。距离的黑暗物质性，在一具肉体之内，证明了宇宙学的黑洞。对人而言，除了这个人形的宇宙，还有什么应该停下来？一种液体的数学，永远在流、永远流不走。就把那些我们，汇入一个乖张的美学。美，围绕着中枢，把器官相乘为惟一一副。躺不下两个人的地狱，却能让所有人一一步入。是乘法，在分享"一"之内那些温热的、甜蜜的。我们否认不了，淫荡的。这些字，不是一首诗，是一个现实。我们的无限，是制造下去，一个从不增多也从不减少的现实。这就是停顿了。停在一张床或一块墓地的极乐中。惟有关于极乐的知识是存在的。它把石头还原为石头，肉还原为肉，日期还原为无须去理睬的那些日期——凡耽溺于激情与冥想的，皆死过——如是斯言，美丽的日子也能长久。

五　归去之白

　　△挂满白霜的树是一朵花，包装精美地站在冬天。
　　△雪原，雪亮的白色瓷盘，被看不见的手推着，在车窗外

缓缓旋转。

△世界漂移，一件起伏的杰作，谁也摸不到，却又清清楚楚在苏醒，膨胀，浑圆地发育，一夜之间触目成熟。

△他目不转睛地盯着，窗外反光中一张脸，悬在天空某处，测不出深度的深处。

△脸和脸互相观看着被疾驰的风景穿过。

△归去之白，相遇之前就注定了。

△同一条道路，一座埋在积雪中的小屋，上次经过时，在视野右侧；这一次，丝毫未变，仅仅转到左侧。

△同一架雪橇？两次一瞬间超越一列火车，两次把一双睁大的眼睛甩到前面，他的记忆远远落在孩子们后面，对孩子们，掠过的他从未存在。

△不是归"来"，是归"去"，消失，从开始就一直越来越远。

△他总惊讶地猜测，一个秘密的结霜的过程：弯曲的枝条，遍布又白又细的茸毛，像女性手臂上湿润柔软的汗毛，密密覆盖着，一摸就变了，那冰凉的刺，成群耸起，根部笔直，越向上越锋利，被谁恶狠狠磨尖了？一闪而过，轻蔑得不屑碰伤手指。

△一间时速二百公里的病房，远方擦得一尘不染的玻璃。

△除了猜测还是猜测：谁在窗外凝视他？一张脸，衬在雪原上，组成茫茫雪景的一部分；一条与车窗同步的地平线，五官之间浮动着白雪，或根本就被大雪塑成了五官——那酷似他自己的，模仿着他的凝视；谁复制出两双眼睛里一模一样的茫然？

△两片白一模一样:天空的白和手术室的白,云甩着护士的衣袖,传染脖子上散发的药味,金属的响声消过毒,医院浸在明亮的溶液里。

△他恨想象那只脖子被切开。

△一分钟一分钟,一公里一公里,到站和发车间,月台上的哨音,每吹响一次,刀锋就落下一次,那不在此地的躯体与他无关地抽搐。

△谁翻弄他留在那里的吻,像翻动一本流行读物中血淋淋的情节?

△手术刀,时速二百公里地切过——在从一生中切下一个梦?还是把做梦的整整一生切掉,只留下短短一夜的醒?

△什么也不问,轻轻一碰就够了;什么也无须说,肉体能认出它自己——多年之后,再一次认出,死过、爱过的疼痛,经历越多越容易认出,那个本来的它;窗外一场又一场大雪中不变的它;同一场?一团令人灭顶的白色粉末,始终仰天敞开,等着这一碰,立刻松软、崩溃、泻漏无遗。

△但反光摸不到,反光中的躯体,存在于窗户另一面,永远摸不到。

△他一直想:在别人眼睛里他是谁?对活在反光中那个人,他是什么样的别人?"别",意味着玻璃,嵌进一张脸中间;一双眼睛,对视于玻璃两侧,彼此无关的两重生活,一面被暖气烘烤,一面冰天雪地,谁,对称着他的眼睛,正和他,以同一个方向背道而驰?

△两个他,两张面具。

△最害怕离开就不得不离开;受不了告别才一再在告别;

竭力回避余下的日子，已命中注定撞上扑面而来的日子。

△之前和之后都是等待。

△此刻在路上。

△白茫茫的地平线，横在他的眉宇间：列车倾斜，它向上移至额头，加入皱纹，再向下，一一量过鬓角、鼻翼、下腭，停在颈项间，白茫茫像伤口。

△云继续被撕开，从下面望上去，云越撕越薄，奇形怪状，神秘地与更高处另一层逆向移动，惊吓世界，以一次致命的接近。

△雪下的草茎依然碧绿，腐烂，有另一种新鲜的味道？他克制不了这个愿望，去逼近看，冰凌封冻中一根血管的剖面。

△什么不能习以为常？惊起的乌鸦，甚至懒得飞远，只一跳，就又落回雪地上啄食。

△归去就是听着，手术刀浸透他如此熟悉的血，一枝桨划得鲜红悦耳；波浪，隔着玻璃也能闻到阵阵腥气；他恨，一台麻醉机在吸入那阵疼——宛如别人的、他自己具体的疼；他不能不想象，某个人扑倒，正脸朝大地沉重地呼吸。

△消耗这道轮回的咒语吧！

△把一只瘤子像一个人那样剥离下来，把一只瘤子剥制成人——这个婴儿，缠在纠结的神经里，捏住它，狠狠地割——瘤子比人更像活的，在手指间不停跳跃，一次次企图从刀下逃去。

△一只挥别的手，冻结在空中。

△时速二百公里，什么回头不是一次远眺？

△他和反光中的他，两次眨眼之间，已被挂满白霜的树林

贯穿；一个雪白窗帘分隔的时间，轻轻移开，封存在别处——已经完成的，是否正像尚未发生的？他虚幻得抓不住的回忆，还不如一次真切的忘记？

△是否所有地平线，只是一条地平线的倒影？是否所有情人节，只是同一个情人，在忍受无穷无尽的分娩？幻象，平面滑动，或刚刚才从反光中诞生？

△重重叠叠的凝视像睡眠。

△不是感到，他知道：自己被切下时，自己哪儿都不在——雪原，一张空白的病历，一次填写就必须不停填写；血肉的泥泞里，一盏无影灯，照耀被挑断的白白细细的神经，跳着爬，扭动的蚯蚓。

△竟还有什么能够被切掉！

△没有归去就没有白：此刻，那小小的车站在哪儿？水晶阁楼在哪儿？一次漫步，开始了就停不住，只是从这儿到这儿，用不着寻找，一个界限消失之处，与死亡和解时，眼睛，为什么不闭上？闭着感到，雪白的沙子搓过身体，日子合为一个不眠之夜。

△没有白，也无从归去：那么多疼，被缝合在一起，形成脖子后面的一朵花；那么多天空倾泻而下，被一个呼吸不知不觉含着；那么多隐痛，把痊愈拉长成生命本身。

△时间的惟一秘密只是：它，没，有，秘，密。

△那些归去的，从不寻找过去：往事加速离开时，所有昨天变成一件无从分辨的私事；一个用肯定句提出的问题，把死者钉牢在雪地上——就那么稍纵即逝地融化。

△那些消失的，不得不热爱这消失：除此，去哪儿重逢别

的消失者？同一场疾病溢出的，隔开再远，也能用同一种芳香互相嗅出。

△那些瞳孔，一只合并成许多只，是他的；许多只分解成一只，无所谓是不是他的；那些冷，冷到无知，一个人终于追上鲜艳的前世。

△时速雪白。

△包裹一颗小小行星的白。

△他模拟着坠落。

△朝向你，两次渡过忘河。

骨灰瓮

层次一：

地下几尺深，才是那条黄土路。有人蹚着土走，像蹚着一场没膝的大雪。厚厚的暗黄色，看着都有一种粘度，糊满小腿、踝骨和双脚，令移动不可辨认。你熟悉的坑洼，这儿一处那儿一处。牲口们杂沓的蹄子，颠簸在冰冻的车辙上，跺出硬碰硬的响声。固体的粘。一条黄土路，自西而来，依然以西山为背景，被两行叶子脱尽的毛白杨夹着，直到村口高压线的大铁架子下面，才向右转。你该抄小道回自己的小屋了。左手一簇右手一簇的坟头，有的还压着白纸，而无人认领的，反过来认领你——某个，返回得人晚、又恰逢其时的，刚好赶上证实：毁灭如此确切。黄土的不透明，无所谓折射，是一种静静的反射。地下或空中，遍布齐膝截断的、不可能再次被绊倒的人。没有另一侧，你回到自己眼睛这边。

地下几尺深，才有那片景色。村子曾经存在的景色。

"曾经",一个副词就把一部编年史写完了。数不清的冬天被编进这一个,填入籍贯一栏的:灰暗浑浊的天空,浆死夯实的地平线,分不出年代也无须年代。乌鸦依旧落下,世界漆黑的斑点,永远盘旋,哇哇大叫,爪子抓紧一场白雪。远处也听得见,尖锐的硬壳似的嘴,在麦垅上到处啄着。越冷越啄,越啄,越像那场足以消化一切的饥饿。依旧这样,总有一条干了的水渠,沟底卷着尘土,尽头一台孤零零的水泵,用野兽蹲坐的侧影,勾勒出铸铁的超现实。西北风,一年年吹来,一次性吹遍了每一年,在前景上,摇着一把野树裸露的骨头,一阵颤抖,一生不停颤抖。

这样看,眼前这一大片断壁残垣,才不陌生了?

地下几尺深,房屋还是刚刚建起的。你也掺杂在帮工的邻居们中间,高举一兜灰泥,递上房顶去。砖头,砌成山墙和拐角,一垛一垛红色或灰色。土坯码进墙心,刷层白石灰,就新了。刨光的木梁和椽子,还香呢,弯弯曲曲架起来,托着瓦片,让人想到一条船倒扣在头上,倒着航行。木格子窗户,一股北方风味,也油得瓦蓝金黄,一片耀眼,真新哪。你还记得,坐在地炉子烘热的土炕上,窗外明晃晃闪着阳光,它多么新。老村子,沉入地下后,终于有机会,重温年轻的过去。

仅仅因为有一个"你",住过这里,这里才认不出来了。仅仅,因为你的眼睛背后,藏着另一双眼睛,这村子,才像遭到雷击似的一抖,突然自成千上万尘土埋没的村落间,暴露出它独有的面目。好像非具体得有名有姓,死亡才滑不过去。这么说吧,有你,才有这里:有你记忆中一排排屋脊、烟囱、擎着黑鸟窝的枝杈,眼前决了口的天空,才泛滥得更猖狂。从没料到，这块堆满过小房子的地皮，被凶猛地夷为一片瓦砾时，竟如此吓人的宽阔。废墟，望不到边时，再次混合成一整块石头的颜色。那遮挡不住的，从地平线一直掷到你脚下。或者说，有这里，因而没有你：你被你目瞪口呆凝望着的一切抹掉了。头脑中响着坍塌声。拆除的铁锤，一个门楼一个门楼、一座宅院一座宅院地沿街砸过来。你的想象，关在每扇门背后，数着磨得雪亮的铲子，把土地平整成什么也没存在过的样子。像此刻这样。一个村子，连同它在地图上的名字，一齐消失。好像为了证明，谁试图记住它谁自己就消失。终于，该说的惟一是，你的这里：你站在断壁残垣间，目睹自己回来，用一丛荒草的形式，紧贴某座无形的炕沿或灶台，钻出来，在夏季，还原成无主的，肆无忌惮地长到齐人高；冬天一片枯黄，倒伏在残雪中，翻开泥土内在的野。是不是又已准备好，把自己交出去？地下几尺深，某个昨天埋着，赤裸裸回避不了。看，就感到身上的根被冻土攥紧。

你不知道别人能看到什么。

怎么可能存在对每个人一模一样的风景？

骨灰瓮，是这个词。你眼里、耳里塞满了这个词。古老的那种，粘土捏的，烧得灰黑浑圆，就成为死亡的艺术。陶器，和土坯墙一样粗糙，盖紧了天空的盖子。只有这个乌云四合的小小世界，鬼魂，还能突围到哪儿去？哪儿也不能，除了向内再向内，打开一把黄白色的灰。你自己的，每个瞬间落下一小撮，积累在骨灰瓮里，画出惟有你能看到的风景。这村子，谁知什么时候被拆了，丢弃在白雪下，你却制止不了，用想象不停重建它。当瓦砾堆上面那片空，与你目光里的空相遇，事物就没有一个表面。石头、钢筋、水泥碎块——敞开，都无非一种幻象的材料。只有你能看见，村子还在那儿。一张多年前勾画的图纸，泛黄了、发脆了，却没办法抛开。你来，就继续在村子里走过，从事物停不住的表面穿过。摔进独自拥有的风景，犹如摔进一口枯草虚掩的陷阱。别人甚至听不见，你站在他们身边，躯体却正闷声响着，在碎呢。你听不见，村子不知活过几千百年，那一直的碎，收去你时多么自然而然。一条黄土路，掩埋在斑斑驳驳的柏油小马路下面，还在垂直向下，自你初次进村时，回头瞥见西山的紫色影子，坠入残缺兀立的土坯墙。你都认不出了，哪座是你住过的小屋？事物的表面，涌入事物的内部。你不得不到地下几尺深，去杜撰一个能被注视的表面：公开刺痛的狂风、大片大片打不开的土黄色。一辆火红的出租车，潜艇般浮起，拼贴在遗忘边缘，犹如一个秘密。

层次二：

　　关于过去的思考，指向一个窗口。（第一个，我们之间和我们之内那一个）屋子高悬在五层楼上。阳台向南，整整一座城市的喧哗，托着它像只船颠簸不停。朝北的窗户就静了。风摇窗扇的那种静。摇，房间就有从一枝船桅上俯瞰的角度。三联木头窗框，中间镶死了，两边推开，框住远近起伏的屋顶。也能眺望西山呢。只隔一道屏风，种下没几年的白杨，树尖已搁在了窗台上。绿，从现实涂抹到想象，留下惟一一片叶子。而一只蝉相反，幻听似的，从里面叫到外面。桌子也摆在记忆深处，带着旧时朴素的款式。木床，靠墙放着，雪白得犹如一种禁忌。还是那双手，把花盆准时端进来。（一枚暗号，多年后仍藏在某个角落闪闪发亮）从窗口望出去，我们是不是早猜到：有一天，会朝这窗口望回来？寻找风景的，自己也变成风景的一部分。擦得透明的玻璃，哗啦一声，变成一页透不过视线的纸。（它的空白形容它的肮脏）一场夏季暴风雨说来就来，把窗户狠狠一掼，已洒遍圆圆凸起的字。成群的软体动物，还爬呢。一滴钻入另一滴，微微一跳，合成一股，又曲曲折折向下流动。我们是不是知道：其实窗户、房间、这城市，也都是软体的？也会流？每天一过，一场无边无际的流。任何身躯中，除了过去还是过去。这么说吧，视野的软，层层堆积，也超不出这由西山镶边的惟一一层。（一个人，一座回旋着黄白泡沫的时间污水池）回头看，再多过去也不能抵达一个现在。第一个窗口就够了。第一个窗口已布置好，一生的街道两旁，数不清的缓缓下降的窗口。推开自己身上这一扇，便推开了所有那些扇。从过去俯瞰过去，这是发生了的惟一一件事。（死亡更爱说：死者最熟悉的事）我们用不着努力，就被完美地反锁起来。在七月耀眼的阳光中，隐入一个方形的黑洞。

层次三：

死者的围巾

两小时，女人坐着一动不动。嗅，一条围巾里既熟悉又陌生的味儿。箱子敞开着。地毯上乱扔着旧衣服。太大的鞋。一只裤腿正爬回抽屉里去。整理遗物才知道,结束一个过去多不容易。两小时,女人看不见地不停动着。鼻子都埋进羊毛图案了。嗅。活过的日子弥漫在空中。味儿本身是一束花。一只擎着花的手。看不见地搂抱。满屋挥发中的白色物质。离梦只一点儿远。女人被拉着同时被推着,越想没入越被切下。最后一场手术,才真的没完没了。围巾围在没有的脖子上,比他站在眼前更清晰。这枚芳香的蕊,演变成一只钟表。嘀嗒声,静止了一会儿,又响起来,渐渐加剧,终于震耳欲聋。黄昏的光斜斜铺满地板。她想起小时候,曾被梦中的世界竟然闻不到味儿活活吓醒。

塔

他们讨论两条鱼的星座、谎言和命运。沿着河岸走。哗哗的水流声,在加强二月的冷。灰蒙蒙的雾,把只剩半眼桥孔的老桥、枯树、河湾,描绘成一幅中国风景。他们讨论那条小径,只要眼睛能习惯夜;只要不顾一切,从这道倾圮的石阶迈下去。与一座城市初次相逢,从认识它的疯狂开始:建造一座毫无用处的塔的疯狂,使两个人认出彼此的面孔。他们讨论疼,砖头凸凹不平地硌着,身体在封存数百年的黑暗中游着。弯弯曲曲的石子小巷,都罩在同一束星光下。他们不得不忍住的,是一种至今没找到名字的力。甩着美丽的肉,被狠狠甩。两条鱼,上腭死死钩在一把银钩子上。他们出生的日子,已约定了彼此一模一样的秘密。皮肤内的高度,足够攀登的了。起源本身已是讲不完的故事。

画

纸上五彩缤纷的天空好像惟一的天空。周围，柠檬树和野茴香，被海上来的风，时而粗暴时而温柔地摸索，好像从未被人手触及过。墙的粉红色，当年鲜艳的油漆，每年流失一点点，拆除时一次找回来。屋顶的墨绿色，一张锈铁板，整夜哐哐响。烟囱和防火梯，怪僻的橙黄色，磨擦得整天移动的云朵快要出血了。一张画撕下的形象，回忆的惟一形象。老房子被带着旅行世界，就把到处吸入它体内。地址的密码，纪念着对其他眼睛从未存在的：有条街上汽车来来往往。有只野猫被劈面撞上的惨叫，越拖越长。死火山完美的圆锥形，潜伏在地基下。白内障似的凸形窗，遮住毁掉才迁移不出的日子。发霉的破地毯、捡来的旧家具、吱嘎颤抖的楼梯扶手，失重地漂。坐在桌前那人，被自己刚写下的一行诗裹挟而去。一幅画就这么拒绝被翻转到背面。

层次二：

一年中最炎热的一个月。皮肤的闪烁如此隐密。回忆继续滚烫。被时间焚烧着，比原来更滚烫。整个七月，我们每天急急奔来，把自己关在房间里，惟一会做的，是不停互相抚摸。皮肤，盲目又敏感，听着一根柔软的曲线流下。（懂什么叫演奏么？）汗，细小而甜蜜，源源不绝从四只腋窝淌下。（色情越无知越泛滥）两件揉皱的衬衫，一次次浸透，才觉得肉体中有什么四溢了。一连串爆破声，扩散到血液里，死亡就无可挽回了。激情，只有隔着忘记脱下的衣服，才够压抑够欢乐。像赤裸，一开始就达到了忘记赤裸的程度。（没想到围困怎么突围？）第一次，非得忽略了这是第一次。我们记住，甚至没想到该被记住的：五指，张开的天线，感到充盈空中的绿荧荧的电波。两腿，紧紧夹着，不知不觉松弛，慢慢摩擦。一种湿，不同于夏天所有的湿。初次认识呢，又早已浸泡在深处。我们湿漉漉地听着，窗外一块块天空裂开，有汉白玉被掰开。嘴对嘴的泉眼，受不了时，能把世界啜进去。拥抱，悬浮的慢动作，在时间里一点一点漂移。漂至今天才懂了：仿佛从未过去的，一直在突出，那个叫做"过去"的主题。闭上眼就清清楚楚记起的细节，越躲不开，丢失得越彻底；怀里依旧灼人的温度，越具体越不在。一个七月和一个窗口，钉在眼前，因而虚无得可怕。（回顾中明亮的一刹那，把回不去照耀得太夺目）记忆，一场陷落中的陷落：我们除了过去什么也没有；而抚摸过去只能加深这没有——两个人努力合并的孤独，加倍走投无路。第一次。没完没了的一次。一个七月那么远，不如说，像一千年近得逼人。丢失了才到了。一个光溜溜的表面上，从没有不同的距离。

层次三：

石桥

他忘不了，去桥下摸鱼，却一把抓到只癞蛤蟆的日子，头皮丝丝麻着，手指上的粘，这么多年还洗不掉。桥的古老式样，再普通不过了，像架在北方无数村口的那种。大青石，一块一块排列。宽宽的石缝，黑黝黝的，能看见桥下亮闪闪的流水。布鞋和赤脚，得多少代，才把石棱打磨得如此圆润。他也曾讶异，这桥怎么连栏杆都没有？后来懂了，对从小在桥上玩耍长大的人们，暗处一道灰白的反光足够了。天上还有大粒的星星，在夏夜故事中闪动，亮得扎人。窄窄的河，早春解冻时，一样会发出凶猛的咔咔声。冰层，史前动物似的开始爬，拥挤到桥墩下，吱吱叫着碎裂成小块，滑过去。泥土就泛出香味了。湿湿的香，沁着冷。阳光也有股腥味，擦着岸边越化越薄的冰凌，玲珑剔透的孔穴中，河水一上一下，咕咕填入、又漏出。水草，弯弯曲曲贴着河底游动。还那么绿，永远绿，只为他的眼睛：能透过一条柏油大道粗暴覆盖的，能看见一座小小的石桥。

"夜之镜"

"被水显形的人……"冥冥中，一个句子变，在墨水充溢的池面，漾开一圈圈波纹。一件作品变，那枝金属笔写着，那扇窗户动荡，那张脸成为倒影。撒在装置四周的叶子，也由绿转黄，再深一点就是金色。一枚锤得薄薄松脆的金箔，也有夜的性质，经她的手一触，变成会疼的。自己摸不到的疼，非得借助一面镜子，去精雕细刻。她布置镜子，并不为储存幻象，为了撕下幻象。夜与镜互相反射，用一个命名，指出死者的双重流失：死是一重；关于死的书写是第二重。成千上万年的书写，只要继续，就仍然没什么能被记载下来。一个历史变，听到一件作品选中一个早该拆毁的地方，早被毁掉了，继续被毁着。直至，骨节的嘎嘎错裂，蔓延到一张照片上。稍加点染，做成一个封面。她起伏波荡，已显形为另一人。冥冥中，完成某个句子："……不得不随水流去"。

周年

死者不会在乎这种遗忘。照片上的面孔，都是精心挑选的。一生中多少表情，留下一两个，就构成一个人的象征。谁知怎么回事：母亲取下眼镜，斜斜倚在沙发上，朝镜头微笑过百分之一秒，就错了。和记忆中那个始终戴着眼镜的她，永远像两个人。连周年都成了双份儿：一个端端正正悬挂在墙上，却像涂改过似的并不精确；一个弥漫在空气中，猛然想起，竟还像死亡刚刚发生时那样揪心。眼镜摘下或戴上，一个小小的差别，就把一个调不准焦距的日期，也变成带边儿的了。金丝镜框冷冰冰的边缘，停在别处，标明死亡早已逾越了界限。母亲，正因为陌生，才能从照片上静静观赏，他眼睛里的空。用一点点误差，把囤积的伤感一扫而光。忘了周年与祭祀两次，其实一模一样。忘了，母亲也拿去了。一个精美的构思，连差错也在日子的喜剧之内。

龙华寺

和尚步出行列，走着一条直线。灰衣，麻鞋。一张脸上仍挂着孩子气,却严肃,视围观者们如无物。转弯,一个直角。是那种步子,脚跟轻轻着地,而后脚心,脚尖。绝无声息,又像踩着诵经声的一场舞蹈。围观者不觉退后半步,让开他正前方那条无形划出的路。有人也低首默诵了。和尚,到大殿门口,回身,面对大佛双掌合十。胸前,额上,胸前,三礼之后,在一块灰布镶边的蒲团上跪下,孩子气的背那么浑圆。青白的光头,埋在双膝间。佛号,宣得更响,夹着铜磬点点。和尚双手半握,匍匐,把头垂在腕上,静止片刻。围观者就看不见别的了,除了十根手指,一个接一个绽开。十枚卷曲的花瓣,沿着一条条细小明亮的弧线,依次掰开了,众人面前那块透明的空。围观者,被死死雕刻在原地。当孩子气的双手捧起,怒放于金光中。

层次二:

过去的简单与神秘,同样让我们难以想象。倘若,那个七月再延长一点,生命会不会整个成为它的回声?那个日子,致命的敲门声,推迟半小时响起,此刻会不会摆满不同的场景?窗户,关掉这一扇推开那一扇,操纵着胳膊的是什么黑暗?亲吻,吻到哪儿就把哪儿变成界限?或界限恰恰在吻不到之处?够深时,舌头才舔着,逾越的恐怖的魅力。(恐怖把记忆变成最难抹掉的)七月窗口中的下午,肉体不知道的是:它们做不做,都一样创造一个过去。都躲不开一刹那,肉滑过隘口的感觉。肉被紧紧勒着,富有弹性地一攥,就完成了过去的仪式。甚至无须问,从哪儿过到哪儿去?哪儿都是那儿。好润滑啊。想这么给予。把自己裸露到外面，连疼痛也不遮掩。器官，轻轻一涌，现实就推入虚构。一定，得在第一个现场，缠绵到极点，死死缠绕在毁灭上。（是责备吗："不知又要花多少无用功"？）一定，得认真学：弄错一次方向，再被温柔地校正过来，从此记住。（一个声音："不是那样，是这样"）要狂热就狂热到空白的地步。空与白。美丽呈沼泽状。（脚步声响在楼梯上）要聆听，就闭目聆听自己肉体的敞开。（钥匙哗啦啦插进锁孔中）一列渐渐升高的音阶，演奏到顶端，必定有一个窒息。我们不得不承认，当时就忘了，这一片刻之前和之后，是截然不同的两个世界。两种活，彼此不能代替。是的，不能。即使两个一半吻合过一刹那，缺陷和缺陷，互相紧咬着，扮演过一个完整的幻象。我们也被留在这一边。窗口纹丝没动，景色就变成了单向的。没什么倘若。回忆无非一种事后。（无痛的事后，并非事后不疼，而是无从复述那疼）回忆一次意即再失去一次。美意即伤害。第一次已彻底完成了。（未来在门上响起一阵奔雷）瞬间，窗口像一盏灯熄灭。

层次一：

你谈论过去时无动于衷的口吻，自己都觉得惊讶。

你找，努力辨认，毁了才显出一模一样的断壁残垣间，哪两堵土坯墙，配扮演你曾住过的小屋？都配吧。出租车偶然停下来的地方，一个过去的边缘。只一个？你试试朝里走。纵横交错的水泥壕沟、缠着旧电线的断铁柱，都是陌生的。残雪，微微冻硬的外壳上，小野兽留下梅花瓣似的爪印。这就已经数出多少个过去了？你在找，自己丢在一间小屋里的过去；同时，你又是一个村子早已放弃的过去。对昨天夜里，脚掌警觉地沙沙踩在积雪上的小野兽（或许曾是只家猫呢）来说，你和村子都从未存在。最多，像最虚幻的一部分，融入始终如一的黑暗、寒冷和风声。路当然认不出来了。池塘也是。至少，该留下一棵似曾相识的老柳树吧，让记忆回光返照似的一亮：就在这儿！但别人不知道，你知道：这承认是假的。惊喜，是故意装出来的。你装，因为你需要，想象自己还没被彻底切下、远远扔掉。有一个过去就有一个起源。血液，就能向回流。孤独，找不到一个确切的出处，至少你还被在"寻找"什么温暖着。那也只有你体会得到，出租车司机说谎的善意：小屋，这么容易被找到，因为它已永远找不到了。任意指出的两堵土坯墙，不如说是所有小屋的幻象。倘若你愿意，也不妨说是所有村子和整个世界的。那惟一一座，诱惑你伸手去摸，一个乌有。

词这么无动于衷。你听着一张嘴说话，那声音来自遥远。

两堵土坯墙，站在冬天的阳光中。仅仅对于你，它们不是抽象的。奇形怪状的具体，每一块，也有从生到死。提示着，你们共同的履历。铁锹嚓的一声，雪亮的刃没入了黄土，轻轻撬起来，褐色肥沃的一大块。浇上水，泥就在手掌中瘫软、变滑。活生生的，一攥，吱溜溜闪闪钻出指缝。鼻翼也扇着呢，一股棕麻香、一股麦秸香。风的香从田野上回来，搅拌，填进一只松木模子。倒扣，就整整齐齐方方正正。晒干过程中再添点太阳香。你知道那硬度是从哪里来的。睡在小屋里，身体、四肢，都碰着土坯。大地，就以古往今来的方式侵入你的梦境？命运的方式，是越不情愿，越陷入一个无助的点：让你既爱又恨的；既给你血缘，又随随便便用一滴廉价的血把你囚禁；绝对矛盾着，既渴望得到又拼命逃离。炕席下有什么暗暗硌着你时，一定是祖先的尸骨。你知道，因为你与它们毫无区别。而你硌着谁？砌小屋的墙，土坯碰撞土坯的声音，这么响亮；冬夜，门框被狠狠揪着，砸，躲不开地砸，都像后代在诅咒。白花花的盐碱，得沁到枕头下，一首田园诗才字正腔圆了：非听懂、模仿、爱上土地的戏弄不可。躺进它怀里，享受一个共鸣。那千年万载淤积的香，就抗拒不了，只能传染成你自己的香。正因为梦中什么也移动不了，你一生热衷于耽溺在那儿。命运，是否至少教会你怎样无能为力？

也许，你所谈论的并不是过去。相反，过去，由于你这番谈论一点一点出现了。你刚刚抵达，一副血肉模糊的内脏，带着被粗暴翻开的诗意。

两堵土坯墙后面，才是一间久已逝去的小屋里面。当一双眼睛，与一扇透明大气中的窗户，隐入相同的时差，那个被深深注视的身影，是否就不得不变成幽灵，一直悬挂在窗口飘动？女性的，仍有一只鸟一闪而过的样子。一颠一颠地，穿过小屋前简陋的庭院。冬天的凄凉，就突然被一个嗓音照亮了。无动于衷的嗓音，却像你耳朵专门订制的。没必要记住任何词，有它响在鼻腔后面的小小的空，已足够成为一个满世界追上你的耳语。而你也追什么。房子的转角那儿，一口总泡着死猫的池塘，水都臭了，可某个夏夜的星斗，却在一场停不住的谈话中，洗涮了又洗涮。四只膝盖碰着，简直没察觉，呼吸与呼吸间能有这么大容量：光年都落下了。光年不停落着。

一开始就晚了整整一生的爱情，从来就是古老的故事。那又怎样？一间小屋和两个名字，重复着，一个宿命归纳的两场独白。光年那么绝望地互相寻找。光年那样永不相遇。只有这样，让一只轻轻敲在玻璃上的手，或一声更轻的咳嗽，把你从本来醒着的期待中，一次次惊醒。只有，去认识每一天更早的露水。镰刀不能磨得更快了。月光下远远走过水渠的脚步，也是水，粼粼闪烁。动荡，如一个词义。太稚嫩太不懂耐心时，你的写，是否从开始已注定，什么也写不出？鬼魂递过去的，不会有人懂得，或被吓坏了，因为那厚厚一册空白。才该怎么感谢啊，大地震的七月、死亡的一个月，腐烂漫天翱翔。对别人充满毁灭前兆的，对你是节日。两座露宿的帐篷间，一道薄薄的塑料布，不在隔绝，在掩护，情人的手指悄悄越界。黑暗越深越好，而死亡越逼近越好。你闭着眼，尽情感受，那个贯穿全身的荡漾的节奏。幸福就是，两个宇宙重合于一刹那，哪怕在毁灭之际。

但此刻，当村子和你都没有过去，谁看谁更像鬼魂？

谁都像。因为回忆是假的。你伫立得双脚麻木的地方，只不过是一个空想。小屋里发生的故事，在你口音里重新发生一遍，只不过，给听惯太多故事的土坯墙另一个表面。一个事物有许多表面，比没有更可怕。那土坯墙用风声一遍遍复述的故事，也该千百倍惊心动魄？于是，连设想的终点也是假的。你稍稍转身，落日中金黄的一小块空缺，一下子就被填满。这断壁残垣，用不了多久，就会被再埋葬一次。村子，用死亡延续下去，不是远比生命更完美？名字的假，把嘴巴掏空。曾被叫做黄土的，浇铸进水泥，应该一样空荡荡一样嘹亮。直到，村子和你谈论过去的口吻,都像谈论未来那么稀松平常了。那么开放,像个能被任意删改的情节。鬼魂的魅力,是总来得及把自己抛弃。抛掉了,就暴露一只骨灰瓮坚硬的内部,在地下几尺深,收容茫然无边的疼。

层次二:

　　常常,我们自己都弄不清:我们是否有一个过去?如果有,谁能证实,这个世界上,一间土坯小屋或一个七月的窗口,曾经存在过?如果没有,血液里一阵实实在在的抽搐,是从哪儿来的?伤害,难道真能得自虚无?但又为什么不能?多希望那没说过"最后的"最后时刻,能像每年一个七月那样被重复,我们还坐在一起听,一场无穷无尽的呵斥声。多么怪诞啊,在一刹那中混合"第一次"与"最后一次"、起飞与戛然而止?五层楼上的窗口,被我们体内的温度烘烤着,在那个下午灿烂到了极点。一首安魂曲,把生命赞美到极点。(就是说,没有不在转为相反的方向)有什么关系:这场风暴和这种静?陨石雨般掠过面颊的字,和心中恍惚不在的时间?愤怒,近在咫尺。该恐惧的时候,我们的眼睛,却不知不觉在远眺着:那一刻的西山,比所有以前映入眼帘的西山更美。甚至,也比以后的。我们的字,就在那时写下。纸团,揉皱,趁一转身,准确无误地弹到另一只手上。(准确无误得像一个诀别)我们用不着解释什么。谁又能解释什么?门锁着。时间曾被中断。一小段,既非过去也不是现实的,却突然把生活撕开一道深不可测的缝隙。我们知道它,因为肉体也刚刚撕裂过，还裂着，几乎能闻见，彼此深处的湿。秘密，遮盖在纺织的蓝下面，赫然醒目。一模一样的洪水，冲刷两次，我们已远远离开了这里。（不是我们带着伤口，而是我们被伤口带着）窗口，被一把涂掉，亮得像块崭新的黑板。伤口，开阔得犹如一个港口。刚刚过去一秒钟，一片平行铺开的光、白杨树尖、蝉鸣，就虚幻如大海。"第一次"，声音流淌出去，什么也抓不住，正像"最后一次"。我们和一个宇宙，被随手一弹，落入推移的空。

层次三：

笔记本

一切从这个笔记本开始，也得在这个笔记本结束。硬壳封面的小本子，有点像一只小盒子。盛在里面的，与其说是词，还不如说是一种声音。纸微微响着，比下雪的声音更小。雪，总在田野上腐烂了一半，总有一种兔皮似的灰，在过渡成冬日的黑。女孩听到，自己年龄里，有什么终于黯淡了。纸页翻着，不是太晚，是太早。这只抚摸字迹的手，如果从未抚摸过自己的身体，如何能懂得：写在这里的，都是她必须经历的？不读，也躲不开；读了又读，也无非把自己交出去。一次再一次，被藏在纸背后的那双眼睛驱赶着，把一生变成雪地上不留足迹的一场奔跑。肯定跑不出去。一个黑黝黝蹲在暮色中的村子，像个戳记，打在起点上。女孩的小小反抗，是做出一个否认的姿势，对这部自己的传记，也对某个前世的莽撞作者——用退还点头承认：她被自己的弱，吓坏了。

缩小的肖像

她们仍然站在麦田里，似笑非笑。老式相机的快门按下时，一高一低两双眼睛，不约而同地闪开，使一张肖像成为对自己的回避。一个记忆的巫术：她们的脸，静止不动，就在一张照片上越缩越小了。被称为定格的，只有两件洗得发白的旧衣服，两顶背上的草帽，和一片齐腰的该收割的麦穗。谁知道她们要回避什么？镜头后面那人？人后面那个夏天？夏天后面越拉越长的时间？冗长得怕让人忘记？可悲的是，照片上的夏天后面，并没有别的夏天。她们似笑非笑着，早被小小的黑白纸框锁死了。躲闪的惟一出路，惟有不断向自己深处退去。另一种焦距，岁月的，找到更深的焦点：她们里面那些她们；二十岁遮掩的四十岁；美丽下皱纹纵横。麦田也抽紧时，一枚邮票，把从未存在的季节寄往一个无人的住址。旧照保存得越久，越像一个奇迹：两张脸小如麦粒，竟顶住了无数次卷走世界的遗忘——也许，正因为她们至今没回过头来。

满月

这总是出错的时刻。外面，有一座公园，秋夜黑得发蓝的景色；里面，有阵阵骚动，野兽们头顶在地上的嗥叫，和潮声。这总是，因为一个吻会被扣留的时刻。还有比吻更危险的吗？湖水拍打在另一侧。沿着小山坡弯过来。叶子，硕大的金属片，在头上密密层层。都有一道镀银的边缘。藏在这儿，一切就注定得发生了：那个里面，骨头、血、梦，格格响着，屈从于一种引力，听得见欲望磨擦时玻璃的粉碎声；那个外面，树与树不约而同转过身去。而嘴唇转过来，找到了，正嘤嘤呼唤的另一片。舌头，众多叶子间最细最长的那一片，勘探、掘开，某个它迄今未知的幽暗。一个问题被取消了：谁能发明一种没人试过的吻？回答是：谁不能？最初的、轻轻擦过的那一瞬，什么爱情不是第一次？耳朵里湖水响成一片。树林，为今夜弯到别的方向。泥土在身下哐哐震动。巨大的天空倒扣过来，崩塌在无抵抗的情人头上。灯光犹如爆炸。他们睁不开眼睛了。满月，升起来了。

层次二：

（没有我们中另一双眼睛来读它，为什么写下这些文字？）正因为我们的世界不在，因此，实实在在伤害着我们。写下的记忆不是现实。但谁知道，什么是现实？一个现在，不停嘀嗒作响的、掠过窗前的、屏住呼吸也清清楚楚漏掉的，对谁都太陌生了。事实上，生命的惟一内容是过去。夏天、七月、窗口和城市，无一不讲着我们过去的故事。就错了。无所谓错时，不得不错：只要过去变成故事，其中就没有我们。盯着看，主人公软绵绵的肉体，一只蜕下来的壳儿，是空的。刚刚射精后，一大团喷入一只子宫的乳白色泡沫，孤悬于某个漆黑的宇宙，也空着。弥漫的奶腥味，从比胃更深的地方泛起来，隔开这么多年，还能猛烈刺激嗅觉。写，就是闻。一个故事闻见，所有不在的气味，加上不可能的气味。得细细剥开自己，跟着鼻子走。就准能找到了，一个人一生射出的全部精液，都存在一个秘密的角落。一大群叽叽喳喳乱叫的孩子，拥挤在一起，回头嘲笑。一切都是从一个恍若虚构的下午开始的。有了第一次，就得继续捕捉，那些粒或那些只，拖着尾巴的、游来游去的；还没分裂出一张脸，却已被密码决定了自我。孤独，是不是也得到这个地步，才配称为孤独？一个非说"我们"的地步。无所谓另一双眼睛读不读到的地步。或甚至，专为不在的眼睛而写？用写，创造更多的不在。（既然，离开时差我们什么也谈论不了；落入时差我们就加入同一具溺死泡胀的尸体）连被害者都没有，这伤害才真是过瘾了？一如，一个高潮骤然被切断，那样满足。

层次三：

断脚

双重的断：第一是路的断，一道东倒西歪的木墙；第二是脚的断，墙上一对齐踝骨锯下的木脚，岛国土著简陋的艺术。之后，不存在的足迹，成为一条虚线，从老房子的窗口铺出去，那就是海。他生平履历中第一片海，只几尺宽，介于挡在前面的别的楼房之间。总像是幻觉，海从未平平伸展，却高起来，悬挂着。一大块金属。早晨，白花花雪亮一片。能猜到，走在上面多么滚烫。即使皮肤是木头的，咔咔转响的关节被雕刻出来，从一块大陆走到另一块大陆，也够累了。每一天，自他醒来，海上就在进行一场竞走。他看着自己的身体，又竭力跟着，渐渐落后，被甩掉，直到落日伴随一阵碎裂声，远远传来。再次只剩断脚，并没有一场攀登运动。只有海，不停升高，更高，终于笔直陡立起来。另一堵墙，梦中木头的脚步，的的响。他带给老房子，忍耐腐朽最成功的那一侧。

面具·鳄鱼

《面具与鳄鱼》完成时，他才懂得，整个世界的纷繁象征间，怎样充满了隐密的联系。海边一所房子，反光粼粼波动。他从满墙悬挂的面具中随手摘下一块，变成一个词。换个角度看，雕刻成一行诗。这部分结束，他在路上。一座鳄鱼公园，大嘴近在咫尺，张开着，一动不动，像请你研究，那枚渗出鲜血的牙根。仅仅因为一道铁丝网，扑来的动作才取消了。另一个词，牙床上嵌满了白白的尖石头，也能让想象亲热一回。他目不转睛地盯着，鳄鱼眼珠的大块墨玉中，倒映出一个自己。虚拟的撕咬声，让形象一一残缺。诗，节节镂空。《面具与鳄鱼》写完那天，他信步踱入一家旧货店。突然，浑身血液凝固了：一块面具迎面挂着，一条鳄鱼伏在面具上——已等了一本书许多年。

地址上的纪念

这道铁栅栏是不是他们的铁栅栏？这把钥匙，是不是还握在他们手里？插进去，一拧，一扇镶着黄铜号码的大门，仍得按旧习惯推开？门廊，又高大又幽暗，像无知的秋天。树叶都有微微枯焦的一侧，如刀刃，不停割着，日常的戏剧。信，取出信箱，一个重复太多的动作。地址一模一样，却几乎没人注意，收信人的姓名被偷换了。大理石楼梯，生者一级级向上，死者们向下，擦肩而过时，一声惊呼，响彻彼此的耳朵。空气也是无知的。都忘了，或从来不在乎，这个日子是哪一个日子？这一年是哪一年？普通得唤不回疯狂的记忆，才唤回了另一个现实：当年那个，会笑的、会哭的，有真的怕和更真的掩饰。地板都不踩响，地址上就留下脚本。生者每天彩排一次，楼梯闪闪发亮的扶手，就解开阻拦死者回家的咒语。一切都回来了。钥匙在锁孔中转着。门推开，他们蹑进来，可信得像一个缺点。只有这一次，活着不是谎言。

重叠在时间里的树

　　重重叠叠的一棵树。现在才知道，那就是菩提。树干深黑，暗绿的叶子，顶端是尖的。一种心形。他看，夏天里枝叶婆娑的这一棵，面对一间卧室，浏览窗帘低垂的性感；同时不能不看到，冬天被积雪衬得惨白的另一棵，面对书房的。桌上星星点点，洒满字一样的光斑。字一样，从心底发冷。他曾坐在那儿，与一棵树有过多少次长谈？总能认出一丁点变化。光秃秃的黑木头，刚刚还只拱出一粒粉红芽苞，转眼努成一张浅绿色小嘴，亲着，被时间每天变成另一棵。那么多树，统统隐在这棵身后。像树数着的他，埋在此刻一个形象背后。多少城市在这座城市之后？离开多年，但只要他在窗前一站，时差立刻打开，树的原形暴露无遗。年轮的密纹唱片，一张叠一张，一共有多少张？他反复听：多少个自己，储存了多少从这窗口望出去的目光？一条安静空旷的街，两旁高大结实的住宅，灰色的黄昏，也一一储存着。数不清时，景致只有一处。窗外几米远，就是一个人的窗内。当他认出，一棵菩提里无尽的距离。

灰烬做的风景

　　灰烬是时间的材料。而风景，必须"做"，才符合本来的人为的美。由一双手，可以联想到所有焚烧。并非只有纸、木头、化学或大理石，金属和记忆也可以烧。肉体，焦黑蜷曲时，吱吱叫，还香呢。生命里冒出来的烟，最后一次还原成一只蝴蝶，没有梦才飞得更高。说白了，连于本身也可燃。已经多少次，历史自人类五指内提炼出锈蚀的爪子，抓着空中，飞逝的一切。这就叫"纪念"吧。纪念碑，得找到一种语言，与被它纪念的相媲美。灰烬的语言，非贴近去看，才能分辨颜色的千差万别。黄灰黑白，丝丝缕缕有生前的性质。退后一步，一幅中国山水就流动起来。既没有山也没有水。时间在时间中洇开。幻象，说什么就有什么。灰烬什么也不说，就沉到了底。沉默，集体的虚无，镶嵌进两列大玻璃板，陈列一场不可能熄灭的火灾。"做"到这一步，时间就不动声色了。时间静静地看，反光中人来人往。影子们在突出，一件易碎的作品。一举，囊括了那么多、那么美。

层次二：

　　骨灰瓮的各种形式，无一不在否认，一种用编年史捕捉的过去。真该钦佩，对数字的迷信。想象，数目是一年。编，（编织的编还是编纂的编？）填满句子，事情就能再发生一次。厚厚一册中密密麻麻的名字，故事们色彩剥落的轮廓，线条隐约，怎么越读越相似？我们自己都认不出来了。谈论"疼"，正是麻痹的同义词。说"思念"，正是冻结的同义词。（七月和窗口，缓缓从记忆深处浮出，缓缓向记忆的背景中退去）一个个镜头摇过去，编年史，大幅大幅的全景描写，惟一暴露了，镜头后面那只眼睛的空。全景，等于什么也没有。一块谁戴上谁就消失的面具，既说不出我们中发生了什么；也无力说，我们中什么也没发生。（浪费的激情仅仅像发生在五层楼上）是的，像。编年史命名的经历，把我们变成动画片。整整一个夏天奔上楼的脚步声，被水泥楼梯吸尽，心跳也像假的。分手，哭泣也像笑。（嘲笑的笑加狞笑的笑）笑到血肉里，某个小小的爱情享受到忽略，过去就是一种庆典。如果有数字，惟一的应当是我们的劫数；如果有年，不该编织，该拆散。历史，能拆散到比肉体一次抽搐更短促的程度，岁月，就成了立体的。全景，放大到一个点的程度，就向内，层层掀开。骨灰瓮，薄薄的三层，已把世界盖紧：你回到回不去的断壁残垣里；我们在一扇消失的窗口，用初次性交的经历揭示过去；他或她；或不知是谁，摔碎记忆的彩色玻璃，拼贴抽象的一生。不考虑日子，日子的结构才落实了：既没有现在也没有过去。（每一个劫数历数着无限）有的只是这篇纪念性的散文，停在这里，绝对不让一双被纪念的眼睛读到。因为，谁都列在一页焚化者名单之内。

层次一：

别人忘不了，你站在这里如醉如痴张望的样子。

但你怎么解释，你竭力去看的，正是再也看不见的。毁了，才知道失去了多少。骨灰瓮中，从前越不起眼的，此刻越宝贵、越该记住。这么说吧，失去，构成了你个人的风景。地下几尺深那座村子；一场残雪下那些场大雪；柱子上倒吊着、已剥下半张狗皮的狗，突然扭动起来，挣断绳索，拖着血迹和哀叫窜入麦垅；一只活生生被塞进火炉的麻雀，在火焰中扑打，你听到它沿着烟囱上升，快逃脱了，突然一头栽下来。一块小小的解馋的肉，该怎样恨，自己的羽毛？那阵香，焦了、糊了，至今令你记忆犹新。就是把这片废墟画成图、拍成照片，用录像机一个角落一个角落扫描，它对于别人仍然是隐身的。越被关注时，藏得越深。你如醉如痴地看，因为除了你，没人能看见。甚至没人知道去看。时间的地理学，无非借"过去"之名，证实你自己确实被埋葬了。此刻的你，站在长长的仅有一人的送葬行列里，既像迎接又像告别。

嘴唇动着，一小块土坯，继续崩落。

并不是第一次，你回来找自己。冬天的废墟，像个联想，总是从一座到另一座。焚毁的皇家园林，上次就是这样，把你怕触摸的地层打开。以为隔着多年，已遥远得能够止疼了，却原来这么近，像身边暮色苍茫的四点钟。跳上哐哐作响的公共汽车，进村时天早黑了。有小雪花，细细粘在你的脸上。咸味儿的风中，你熟悉得用不着找路走，斜斜插过田野，你知道哪儿是沟坎、哪儿是水渠。地图，在心里画过一遍又一遍。脚，错不了，径直奔向小屋。当然了，周围还是那些房子。暗黄的灯光下，人们记得你。回来做客的，什么时候不容易赢得热情？可你不要做自己的客人。小屋不计岁月地等着你，一个当年的主人。你不敢问，你走后这里发生过什么事？习惯了夜色的眼睛，能认出，粗糙的窗框上，蓝油漆变黑了。一块玻璃的碎裂声，自某一天一直响到现在。一层薄薄的白雪也够亮了，铺在屋里的地面上，从未被踩上脚印。反光，像往事里一枝烛光，沿墙而上。你几乎忘了，灰尘中这块触目的白：一张狗皮被摊开的形状。那四条小腿，以前你回来，总在你前后左右狂奔；那短短的尾巴，朝天拼命摇着；湿漉漉的鼻子、嘴、带刺的温暖的舌头，和眼睛里另一种语言，教给你，死亡的学问。它能那样死，被一口水呛死。裸露出内脏，最后一次体验，人类美好的程度。太美了，非得把狗皮还给你，留作一次杀戮的纪念。你非得把它钉在墙上，每天提醒，自己能多么没心没肺。甚至不知道，谁最后把它从墙上揭走了。若不是这块白，连生命中曾有块被剜出的空白，也已经被涂掉。多简单啊，忘却，一种比白更少的颜色。再少一点，就回不来了。一把你不认识的铁锁，冷冷挂着，把你锁在门外。当面挑明一句话：你什么也找不到。

　　惟一剩下的，是一场无尽无休的内心独白，站着走着，都狠狠被压垮。骨灰瓮中惟一的内容，是"三月"一词。你听见出租车司机说：到三月，推土机就来了。断壁残垣，再毁一次，土地才能恢复成一张白纸。你的春天里，水泥的庄稼将返青、拔节、疯长。头晕目眩的，摇曳在一个海拔上。你的地头，沉得更低时，水泥墙、拼花地板，将俯瞰当年的篝火，那堆鬼火。半夜的明亮洞穴中，野孩子抛出狂笑。当然了，燕子会回来，逡巡、俯冲、寻找某个椽子漆黑的屋檐。布谷鸟会回来，耳鸣一样录音一样，远远在天边啼叫。才真有点配套了：闪闪发亮的家具，点缀几条焦急的尾巴；漆光，拖长死者的磷光。这么实在，虚幻到一个价格的程度。都出售，包括每平方米下面，全部拒绝搬迁的鬼魂。一张设计蓝图上，你的回来和回不来也已写好了；你的自问自答，疯狂得自然而然。从"三月"一词中冒出的，无论柳枝、麦苗、钢筋或构件，都不值得意外，都是命运的一部分。你从未离开这个点：连拆毁也在塑造一只骨灰瓮之点。自己对自己说，喜欢水泥浇铸在头顶上。你对自己说出的，自己也打不开。一只无望的田鼠，封闭在水泥板下无尽地掘一条隧道。水泥城市的风景，与一座荒村一样，容易被夷平。

也不是最后一次。鬼魂超越界限之处，就在于没有一个"最后"。你知道你还会来。不是回来，是到来。还得张望，多变的地貌下一幅地层的图画。别人读不到的书，你甚至能在字里行间居住。地下几尺深，那个属于你的世界。向上，嘿嘿笑。就无所谓坍塌了。什么不是一直在坍塌的？脚手架、吊车、混凝土搅拌机、瞪大空眼窝的预制板、吹着哨子的攀登，都是坍塌。乔迁的宴席、祝酒辞、呕吐、软绵绵的床、梦，弹射得无影无踪，也是坍塌。你在下面狠狠拉，所有自以为能阻拦和遮住末日的小东西。归根结底，村子和你，仍在共享同一种乐趣：看，这个兴高采烈的世界，挣扎、扮演、鲜艳和招展后，斜斜滑下来，落进你们怀抱。无非如此，一块土坯，交出"自我"的形式，还原为土。最后一次之后，才洋溢鬼魂们的幸福。

在地下几尺深，骨灰瓮，突出了空间的主题。一辆火红的出租车，随便停在一个地点。因为张望"过去"的地点，在哪儿都似曾相识。别人猜，你如醉如痴张望的，是断壁残垣中触目惊心的变化，却想不到，把你惊呆的，恰恰是一种不变。站在这儿，你承认，自己老了。老，意味着纹丝不动，躯体就更沉重了一点。这从未改变体积的一小块，不停填充、压实，却绝没装满过。你的震惊，毋宁说由于自己内在的无限。"过去"一词，也因此与时间无关了。那个空间的形式，让你用一生储存越来越丰富的意象，等待老，倾出一首诗。骨灰瓮中的诗，终于能无限组合。无所顾忌时，一种疯狂到底。直到所有风景随一双眼睛的消失而消失，世界成为一个极端的谎言。抹去的主题，直接渗透海市蜃楼。你的张望，落在幻象的焦点上，才包括了死后。一个鬼魂似的小村子，其实从开始，就鬼魂一样大。它存在过几千年，为剪辑成你站到这儿的一刹那。没有什么不是你早熟知的。没有什么毁灭，不是再毁灭一次的前奏。地下几尺深，却无力更深了，一把攥紧、搓碎、细如粉末的黄白色骨灰，在慢慢张开的手里，分不清是谁，纷纷散落。

废墟长长的影子在地上。冬日傍晚的水泥色天空在西山上。出租车开走了。眼睛却留在这里，审视，事物终于从内部翻出的表面。

月蚀的七个半夜

一　玉琮

血沁，慢慢劈开一块石头。

慢得几乎没有速度。

想象中的影子又有影了。它能是任何东西，以毫米为单位地移动。一千年一毫米，类似爬行动物寂静的腹部。谁也不知，正在发生一场凿刻。至多像舔，又黏又软，漫过石头的表面。苔藓类或藻类？连最近的泥土也润不湿，只把它弄暗了一点。无须一个光源，就把自己遮住，蚕食。石头微微动了。一动不动那样动。潜入深处的、没人能看见的缝隙，嘴唇都没张开，就在秘密喘息。一条毛细血管，纤若茸毛，弯过来，嗅着，找到那儿，土中渐渐浓稠起来的腥气。石头在吸，这远离地面、既无源头又无流向的液体——被称为血沁的，是血吗？一种独立于任何生物，泥土自我分泌的血？停留在泥土间，却延续了活跃的天性？不是，因为可能是：世界在这个深度，介于晦涩的红与醒目的灰之间，离开了命名。是一只手抚摸着石头，还是正被石头摸到？谁吞下了谁？与我们的想象都没有关系。有关的只是：这石头内部本来透明雪亮，没有阴影。现在，藤蔓在眼前纵横丛生，交错，扩散，泛滥于手指下，又沿着光的脉络回旋流走。阴影，清清楚楚地显录。一呼一吸的颜色，在石头被透视的肺叶中，暗暗舞蹈。两千多年过去，短得头晕目眩。

一种说法是：血沁，来自紧挨石头的那具躯体。活过、跳跃和奔跑过，展示过动脉全部的美丽。直到有一天，静脉完成了它们的仪式。锦被，把一个人裹成一只茧。棺椁钉上了。天空最后合拢。黑暗的语义，摊开在墓穴下。闪闪烁烁的随葬品之间，只有耳朵或许还醒着，醒着听：世界仅仅静止了半秒钟，肉就又开始蠕动。小小的浪头，越来越汹涌，拼命要挣脱骨头，挣脱被紧紧捆绑的一生。第一条蛆，总会径直钻出舌苔。更多条，密密麻麻拱着一枚玉蝉，最温柔的擦拭，就像在阐释此刻。皮肤敞开，不在乎褴褛，从无数破绽里把自己翻开到外面。这也是活，第一次无所顾忌的活。活着感受一种无限。肉，从河床到处决堤，那么任性地流。烂葡萄，暴露出青紫色，交给看不见的车轮狠狠碾着。血，双双固体的爪子，长满了倒刺呢，摸到什么就抓住什么。钻孔，拧螺丝，继续生锈。直到，棉絮、木屑、壁画、墓志，统统传染上它的颜色。没有什么不寄生于这场洪水，连尸首，一枚茧中被抛弃的蛹、零零散散的残骸，都漂在水面。一页沤得棕黄的血书，死者们的家谱：被填写进这个没有的位置，终于是真的。

还有一种说法：活的其实是石头。谁不被先天可怕的饥饿逼着，无时无刻不向外探寻？这块触手冰凉的白，正是一种质地坚硬的空。石头更知道虚无的重量，因此更渴望被无论什么填满，更不怕放弃自己。什么叫贪婪？一条食肉的鱼，龇出牙，咬住游泳的人腿不放，是件再简单不过的事。石头张大吸盘，吸饱身边血肉的腐臭，仅仅是一个习性。洁白，对一块玉而言，比渴得干呕更可悲。那疾病的色泽，比腐烂不知可怜多少倍。什么也吸不到时，它只能在自己里面坍塌。嚼自己的乌有。这已足够解释，对于被殉葬的它，为什么一块死肉也很鲜美。它吸，同时清清楚楚觉得：自己里面渐渐软了，潮红，弥漫起一层润泽。摸不到的被雕塑着，石头的另一块肉，代替了死者活，或活成一个死者？无非同一种血色，谁在乎是谁的？谁会去考证：又轮回到自己身上的，本来是不是自己的？生命同样脆弱的硬度，潜伏在石头里一如在人体里，等候的只是被唤醒。死亡的颜料，画出一只玉琮后，连渣子都舔得干干净净。它洞悉了生死奥秘，不能不涨满灵性。出土时，被一双欣喜若狂的手高举到阳光下，又明亮又鲜嫩，确实充满了体温。

没有什么不是倒叙的艺术：从现在谈论过去是一种倒叙；而从现在中，虚设一个未来，为什么不是倒叙？总是倒流的时间。此刻，没完没了倒退的细节。昨天和明天，都在这只把玩的手里。精美的五指，也是石雕的，还在被之前和之后的双重死亡修饰着。阳光透过来，呈现出半透明的幻象。一只手里总有另一些手：那勒紧丝绸的，细细打磨着，把棱角、平面一一抛光，直到每一代人映出倒影留下指纹；那青筋暴露的，攥紧青铜雕刀，两千年前，刻着，盯着，自己的走投无路，从石头里显形；再倒叙，开采的锤子，正砸裂包裹一块玉的粗黑的璞。蚌壳颤抖着，交出一团晶莹雪白的肉。一种快感，是不是来自剖开怀抱中时间的底蕴？从河床里累累卵石间选中这一块，以切割的方式被切割，有格外的快感。那只手，一开始就设计了，后来的、今天的血；充溢一件作品中，不流的一滴血。太玲珑剔透了，两千多年前的装饰品，比什么都抽象，刺入我的眼睛。当我欣赏着，一个倒叙出的距离。

是谁说：一个宇宙的模式。血，作为石头的一部分，明明白白在石头里循环。生命，作为死亡的一部分。被雕刻成形，不停吮着、咽着雕刻者。琮，从来的从或顺从的从？从这儿到这儿，谁握着这被设想为天圆地方的宇宙，谁就被宇宙握住。明明白白，没有出路。一缕阳光，从两侧一模一样的圆孔中射出，告诉我：出就是入。走吧，一扇大大敞开的门，告诉我们，外面才是牢狱。最深的，恰是无墙的。这儿，只剩一个现在，可要穷尽它，必须发明一种考古学。发明，每一刹那里积蓄的一千年。细细的裂纹深处，暮色又暗下来一点。两千年，仍未黑透的夜色，像一片提醒我们能无限陷落的沼泽。得沉到哪儿呢？重重叠叠的脸、眼睛、瞳孔，再拥挤也溢不出这石头的盲点。再换一种看法，月亮也从未升起或落下。它仅仅悬挂于月蚀的半夜。七个是一个。那只空中脱臼的下巴，甚至发不出哼声。那么，血沁的玉琮，先天就充满两重痛苦：共时的与历时的——谁都是死者，但不亲历自己的生也体验不透自己的死；早已预知了结局，而每个人还必须一步一步，走到底去证实那结局。就是说：历时，构成了共时的深度。毁灭，从一只手传递给另一只手,才珍贵如一件礼物。一个先于死亡的祭祀,把一轮满月,保持在无知里。每磨亮一次,重新目睹一摊鲜血。就是说:共时,暴露出历时的目的。这摊鲜血,还会被收藏起来,加入古老世界淤积的惟一一摊,洇开在一块玉石色彩斑驳的表面,再不消退。千年,用一个处境,指着,现在。

二 房间
——伦敦,Holmleigh路Carlton大厦22号

眺望是一种罪恶。但,谁能拒绝去眺望?他还记得,跨出汽车的一刹那,被击中似的迷惑:是不是回到了哪儿?这街道、梧桐树,似曾相识得刺痛瞳孔。叶子,双双柔软的大手,都朝上捧着,一抹傍晚早早亮起的淡黄色灯光。仔细看,叶子也是向下的。秋天, 大块捧不住的水晶,正从无数指缝间漏出,亮晶晶闪耀,碎开,坠落。空气中弥漫光的粉末。在一场又一场雨后,让路面出示镜子的疼。每只湿漉漉的轮胎,擦过,像狠狠撕开一条绷带。给他听。他是不是错了?这街又宽阔又笔直,应该是另一条,在另一座城市。也许他从未离开,现实是假的。眼前这陌生的路名,玩着又一场幻象的游戏?但不会,街,是这条。因为他来寻找的房子,就在那边。越变越浓的夜色中,好像多年来一直在等待。是什么命运把他领到这里?这个地点,高高凸起在一大片城市的灯火之上,是他前世的哪个地点?一座大房子,镶嵌着数十扇与他无关的窗户,从他眺望这一刻起,都变得与他有关。视线,由外

向内，消失在墙里，已把他关进一座建筑里。他还不知道，就已被浑身坠着金饰的一阵秋风卷走，听见那么多过去一片片剥落。叶子们边缘焦枯，烧毁的大手在拍下。他目瞪口呆地站着，被深深拍进，地上自己的人形的投影。

我忘不了，初次站在街上，打量这座房子的感觉。从那以来，我已多少次重复过这个动作：掏出钥匙，挑选电镀的那一把，开锁。听沉重的大门，自动在背后"咙"的一声关紧。我早说过，上楼梯像流亡。除了干巴巴的辞，那被走过的，什么也留不下。但我没说，留不下才对了。每天，正因为记不住是否有过前一天，才成为惟一一天。房间在二楼上。得跟随木头扶梯，和灰地毯，盘旋向上。经过邻居的门口，听已太熟悉的，门背后某个孩子的哭声。也在长大，近在咫尺又无形地长大。那孩子，躲在门的另一侧，是否也复制着对我的想象——从一阵脚步声，每天为自己臆造出一个人？走廊里那么幽暗，正是我想要的古代的幽暗。光线，永远有黄昏时，微妙地游移不定。一个世纪了，房子也会衰老。一点一点用尽，分配给它的年龄。砌成外壳的红砖，慢慢地锈。白石头窗台，线条开始模糊。烟囱，早废弃了，一排排站着，像死者的骸骨硬硬戳着天空，都在强调一种老。我来，恰恰为加入这个老。老了，才有无尽的可能，去回头看。站在只二层楼那么高的山顶上，一个来历就清清楚楚，想藏匿也藏匿不了：拾阶而上，正意味着向下坍塌；回到家门口，正抵达无家可归之处。门上，薄薄的玻璃，装饰着暗花，暗暗刻出了内伤。也是我要的。一步跨进里面，我自己曾隐在街头、树叶间，雨滴般变干的眼睛，就再次成为风景。眺望同时被眺望。一个地点构筑成,我自己这揭示着我的不在的地理学。

*

高高矗立着像一座城堡。他总是选择这条路,从下面走上来。背后,是铁道。茂密的灌木丛,早已习惯了定时的喧响。两边,整整齐齐的小房子,也红白相间,无一例外地伸出,精心修剪的花园。他想:所谓一生,也就是这么回事。与其说那些手,握紧耙子或剪刀,在清理落叶和枝条,不如说,年复一年,手在被清理。每个早晨,垃圾车轰鸣而过。日子,满载撕破的、揉皱的、用完的脸、四肢、生殖器,倒出去。门牌上油漆一新的号码,明亮反衬着,刚刚搬进来的人家,其实多么旧。再漆一次,发生在门里面的故事,能有什么不同?一切布景都能改变。没有比念着台词的嘴更容易更换的了。一条路的小剧场,他,是第几代表演者?第几代里第几个人?邻居们窗帘遮掩的看台,把一下午的阳光,聚焦到他身上。他能听见,窃窃私语,在填满一百年的空虚。那又怎样?向上走,他目光中只有一座楼房。落日变幻的余辉,勾画出一个巨大鲜明的剖面。橘黄色,斑斑发黑。这城市上世纪的流行色,突出在天空中,与大块疾驰的白云逆向移动。一只海鸥,从哪儿飞来,翅膀拍打着,平衡在楼顶细细的电视天线上,向他俯瞰。他怕想:人在那个头晕目眩的高度,能目睹什么遭遇?更惨痛时,什么也看不见——他走去的方向,别人早已走过了。甚至,不值得再走一次。在这个世界上,还有什么经历,不是陈词滥调?

那我为什么在这里？每天还急急奔回，一个逝去更远之处？早该熟悉了，却仍像自己的客人，坦然不了。于是，一遍遍踱步，像被一个房间又一个房间驱逐着，不是审视，是逃避，每一遍重新绘制一张陌生的地图。右手第一间客厅，原本画满俗气的花朵。墙纸都没换，一只滚筒，蘸着触目的腥红色，滚一道，季节就变了；两道，像个里程。我已不知：墙角一把小沙发，和将它远远扔过来的历史，谁深深陷入谁？谁作为一个梦的开始？第二间，书房，思想的领地。思想，被布置好，像这张大书桌，从拍卖行搬来，一副应有的样子。红木纹理间缕缕红光，桌面上四散着小坑和刻痕，多年勤奋的笔触，却不是我的。谁在乎那压得木头吱嘎作响的双肘是谁的？那么多谁，包括我，消失进一个相同的姿势：微微侧身，头俯在左手上面，凝视，一支鳄鱼似的甩不掉的笔。那样，一种喃喃自语，就拥有了我的嘴。用不着听懂，这位置已经决定了，没人能逾越沉吟者惟一的语言。当然了，画，必定这里一张那里一张。朋友们的作品，搬到哪儿，都是个人地理学中不变的地貌。照片，依次排列。死者们耐心微笑，忍受着比纸更单薄的年轻，比生前更有魅力。直走是卧室，四壁的空白，蔓延到地毯上，变成加强午夜寒意的黑。长长的走廊尽头，是什么妄想，把餐厅染蓝了？晚会时围坐在餐桌旁的来客，吞吃大块大块的蓝。烛火摇曳。欢迎辞，欢迎着所有我不认识的。透过一只雪亮酒杯的反光，无数笑容在变形。一滴酒径直穿过，空荡荡的幽灵。

*

他猜到这片墓地时，并不知道真有它。他不得不猜，因为抉择，从不由他做出。这只是又一次，他被选中，被置于生活和死亡之间，徒步测量，一个短得不能再短的距离。从书房的窗口，就很容易指出，那一丛绿树。拐上大街，五分钟嘈杂后，有加倍的静。城市中另一座城市，用一道敞开的铁门，冷冷估量着，每个活人剩下的年龄。他习惯夏天去。一场暴雨后，天空骤然松弛。在泥泞和水洼间跳着走，鼻孔抽着，多么鲜嫩的、死人和青草的气息。满眼夺目的弱。大理石的弱，被挤得、拉得东倒西歪。树根，扎穿一颗颗心脏，又在骷髅们眼眶里钻进钻出，撑裂地面时才如此有力？连石棺也挪动了。棺盖，错开黑黝黝的缺口，由不得他不窥探，同时，也被青苔满面的天使、斜斜劈断的石柱窥探着。双双分享，一种谁也不逊色的缺席。小教堂被火烧过，举行葬礼的祭坛上，如今野鸽子漫步。错综复杂的小路，游客们拿着地图也会迷失。他喜欢这种迷失。没有方向，于是每一步都在正确的方向上。每一步等于原地不动。那样，树木也不会拦阻漫游者。他和成千上万棵野树一起行走。风吹来，头顶上光斑迸溅，一大块紫水晶摔了又摔。鸟儿都是烂掉一半的，而另一半，沉闷叫着。他听见，死亡在他身体里叫。鸟声就集合起来，他一生中散步过的所有墓地，成为这一块。在脚下，活着。幸运儿们排列在两旁，仍有人种花、除草，擦拭碑文："为一个挚爱的回忆……"他与这辞句擦肩而过，自己都惊讶，如此无动于衷。

如果我把这首诗再写一次，它会不会还是这样？路，如果能再走一遍，此刻我在哪里？坐在桌前想，看，天空低低漫过对面的楼脊，有珍珠贝内侧那种光泽。亚光的乳白色。还会变，与这海岛口音配套的，擅长玩弄节奏。晴朗，意味着只增加那么一点点亮度。一片银灰，正渗出蓝？不，又变了，某处颜料厚起来，云块之间在转向。调色板过度进黑暗，一点不需要间隔。转折的意象，刻意布置在我眼前，刻意让我重温，过去能有多少种不同的写法？失去，总充满猝不及防。但问题是：我知道哪儿是转折点吗？或整整一生里，哪儿都是转折点？无数偶然，把我不偏不斜掷入这个必然：这张桌子，代替着无数放在别处的可能的桌子，是一个更根本的幻象。这只钟表，只有一个时间，它自己的；却与隔壁那只的嘀嗒作响绝对无关。这盏台灯，每亮一次，就不停亮下去；它被关掉，意即关掉一个世界。而一首诗怎么再写一次？谁能现在开始，用另一个世界重活一次？即使同样题目下，也不是这首诗了。把同样的词句抄写一遍，我也穿不上那一个我，此刻已容不得别的此刻了。轻描淡写的偶然，已把"如果"这个词逼进了死角，必要得恐怖——如果，连"如果"的假设都没有？！像谁说的：谁会在这座城市里看天空？那一页空白，任何人诞生前早已无限再版的定稿。它悬挂在高处，拎起一道道视线。再变，惟一能被换掉的，无非是眼睛——如果，改变眼睛还有任何意义！

*

现实，他性格的一部分。却又得问：为什么是这个现实？这样的？琐碎得可怕。细节，构成他自己的地理学中一块块小小的地形。每天生存的数学，太凶猛太强大，不在外面，在里面，吸干和榨干一个人。其实，又太简单了。日常的小事，日子般经常或日子一样漫长。数字，数着，超级市场的收款台前，排队时锉掉的几分钟；账单，早晨八点准时塞进门缝；广告上印刷精美的微笑，已准备好咬下一小块生命；表格、表格、表格，不知疲倦地飞来。他在相加还是减去？得数从来不变——一个公分母，人类通用的除法：总剩下更加沉重的双腿、更单薄更急促的呼吸。他学会了，作为这张亲手绘制的五彩缤纷的地图的一部分。在街上走，被冬天灰色的阳光照着，迎面撞上一个诗句，关于现实和性格。接受一个现实也意味着接受一个性格？真正的问题是：不接受又能怎么样？仇恨一个"活"的幻象，难道真敢去死吗？不敢，这世界就明明白白，叫人懂：接受，才是生活的开始。他得承认：正是性格里的缺陷，提前印证了，他一生的履历。他？但哪个踩着一小块土地的，双脚没深深陷进粘粘的税率？哪个会干渴的，不会挑选一滴水的价格？冬天，下午四点的暮色中，灯下静谧的阅读者，都浇铸成一座座经营的雕像。支票簿的诗意是，每撕下一张，意味着：又过了一天。一页花花绿绿的纸，已预支了有血有肉的名字。都为活而活。为幸存到今天，而兴高采烈。就这样，楼梯上点头而过的邻居，街头从未醒来的酒鬼，职业性甜甜微笑的推销员，都令他感到亲切了：谁不是同一个缺陷的一部分?存在如此具体,越逼近看,越没人。

一只玉琮摆在书桌上,把我,变成众目睽睽下一个出土仪式。阳光,过于明亮,以至不能不感到:空气中有什么是黑的。那种浅黑,会移动。凭空泛起,弥漫,流,仿佛藏在皮肤内的暗。皮肤四面敞开,一股脑释放出全部的暗。墓穴,隐身在哪儿?我坐在这儿。手,被双重握着,被一个夏天固执的热度和一块石头看过太多夏天后,无动于衷的冷静。冷,才近了?这一刻,溶解,正在发生。手化了。石头贪婪的棱角,嚼着肉,磨着骨头。凝成块的血,又颤抖、蠕动,被一口口吸走,像灰尘。跟着,是胳膊、肩、半边躯体,"我",成千上万死者,数不清的记忆,命名为"今天"的所有遗忘……谁在谁之中循环?又或者,只要循环,谁就无所谓混淆成那些谁?坐在,此刻。玉琮用我的眼睛眺望世界;我,用玉琮的眼睛,眺望一个非世界,被它倒叙着:什么不是刚刚出土的?大都市,街道,公园,丘陵,车声,警报器,鸽子,时间表,教堂,钟声,管风琴,都在一只玉琮手里小心翼翼地捧着。腐烂,编了号,写进课本,被收藏在室内。什么不是必读的?前面的窗户,向西看,云层总在酝酿下一场风暴;后窗,松鼠直接自白帆布椅背一跳,攀上树枝。漂泊,非得达到一动不动的程度,那种远,才够远。视野里堆满了,触目惊心的疼,被窄窄的窗棂框起。什么,不是,死者的潜意识?窗台上五彩缤纷的幻象,被一只非人的眼睛,突然洗刷成无色的。这桌上一场祭祀,玉琮,再次可怕地显灵:给我看,我个人的地理学,暴露于光天化日下,只是不知什么人的心理学——不停地做梦,呓语,惊醒,世界就结束。

三 玉琮

黑夜的馈赠

　　灯光，淡淡照耀。父亲的手，拿着玉琮。手也是黄白色，隐约透出影子，像血沁，就那么和一块玉融为一体。松脆的旧报纸，日期都看不清了。但你注意到，它被仔细揉搓过。皱皱的软，像丝绸，一层层包裹着，一只冷冷硬硬的核儿。多少年，躺在（或躲在）某个抽屉角落里。一个记忆被藏着？或记忆本身，重重叠叠地遮蔽着，被称为"岁月"的？隔着那些纸，也显出棱角。不知为什么，更让你想到"遗忘"——包装完好的遗忘，与手指们吻合得天衣无缝。一块石头渐渐出现在眼前，仿佛那摸索也回到过去了，依旧小心翼翼。你的什么，也终于挣脱忽略，被从黑黝黝的收藏处取出来了？父亲，这么近在咫尺，连鼻息都吹到你脸上。好美呵，现在刺痛着，也是一件礼物。递给，你这位聆听者。

　　现在的考古学，到现在，才具体了。父亲的脸，当你裹在襁褓中已能认出。不是记忆，是想象：同一副五官当年的样子，总以晃眼的阳光为背景，向你俯下。周围的笑，就聚集成这一个笑。你看不见的，是它怎样爬动，渐渐移植到你自己的眉眼间。皱纹，越描越细的地图，把你变成一个追随者。旅游者？酷似父亲的眼角、嘴角，组成谁的路？你以前从未涉足的一条，却仿佛在再次走过。坐着的姿势，因为是父亲的，也与所有的坐不同了。这把小铁椅子，变成过去每张椅子落在今夜的投影。年龄，用一个解开绳子、打开纸包的动作来存在，才不再抽象。每十二个月增加一次的数字，在现在，能被摸到质感。你看见，那变化，甚至不能以日子、小时、分秒来计量。找不到一个词时，都在"现在"这一刹那之内变。没完没了，却又停在"现在"。没过完一个"现在"就老了。那怎么算出，分别留下的空白，究竟有多大？如果是别人，不会觉察到：父亲这次站起来，比上一次，慢一点儿。只那么一点点，就像一个拳头，狠狠堵进你嘴里。你满口的字，突然无能为力。

这么静。你都忘了，黑夜中一座大城，匍匐在墙外。也无非墙的一部分。有墙就够了，你用不着问：是哪一座城？布景，都像纸，粗制滥造一番，摆在哪儿有什么关系？水银色的路灯，光像一团蒸发的雾，什么也不照时，照自己。黑暗中，窗外能看见肥厚的树叶，沉甸甸的摇也不摇，被夏季的热黏在一起。这令人窒息的腹腔中，万物都黏连得撕也撕不开。胶状的静，糊住你的窗口。你乐意想，这是惟一一个。坐在父亲对面，听曾经呼啸而去的那些年，都呼啸而归。两张脸上两个微笑，对称得犹如一对铁翅膀，刨子似的反复刮过。钢丝，坠着石头，细细勒进每一寸肉里。非如此不能品味出：岁月的涵义？恰恰与流逝相反，是埋在这儿。越来越深的埋。一刹那都不可能丢掉。所有的疼，都储存、积累成现在这枚针尖儿上的疼。你也突然明白了，激流旁礁石的价值，并非一个目测远去的标志。它正是，把消失无情拉近的标志。近得没有一条河能流出一块石头，全部昨天只是它之内的一场崩溃。它在这儿，和你一样：有不再完美的形状，用足够成熟的年龄残缺不全，无尽咀嚼着，此一片刻里太多的内容。

玉琮从古到今在纪念。两千多年后，父亲递给你，纪念的是哪一次分别？朝代的名字，被说起，近得也在窗内。另一种黑暗，带着你循环。与玉琮的凉爽相比，你温暖的血肉、这炎热的夏夜，更像赝品。确切地说：玉琮，是不是早吸进又吐出过无数"今夜"？而吐到现在的这一个，其实已深如一片海，你正尸骨无存地去沉溺。谁知道，或许玉琮也是赝品，惟一的真，是一个来历：你想象得到，某个发掘者（为什么不是盗墓者？在死者惊恐的叫喊中，翻捡一堆枯骨），把它递给小贩。许久以后，父亲走过地摊，随随便便拾起它，一件太不起眼的小东西，甚至不值得讨价还价。现在，你的年龄，已远远超过了父亲当年的年龄。这么说吧：你比当年的父亲，更能一眼认出玉琮中埋伏的影子。接过它来，你的温度，就融入淤血。不知道谁在融化谁？谁让谁活了？手心、玉器，都感到潮湿。水汪汪的语言，一摸一片淋漓。从来如此，都是赝品也就都是真的。谁都在欣赏，彼此痛饮的过程：在父亲和你之间，人的消失与轮回之间，关于陪葬的想象和被陪葬的事实之间——传递就是一种爱抚，远隔千载，一整块玉琢出那只手，拍着你安眠。

馈赠的黑夜

惟一出土的是一个故事。

惟一的土，是父亲缓缓开合的嘴唇。你跋涉那么远，只是为了回来听，一些不在的、消散的。声音，停在空气中，摇曳着，不到一刹那，已加入无尽的过去时。

一个人的履历，埋在一具躯体的泥土下。是记忆，还是现实？既非记忆又非现实？

父亲坐在那儿。沉默的间歇中，你想象：肉，也是一口墓穴。某一天，被封上。送葬的队伍离开，哭声、缀满白花的祭奠结束。这等待既难忍又漫长。

讲述者就是盗墓者。把自己挖开时，是否也会有，黑夜中倾听风卷松涛那种怕？棺盖吱吱撬开，油漆哗哗啪啪崩裂（上过多少道，真能滴水不漏呢）。好结实的柏木，铁钉锃亮。怕什么？说出昨天的经历，就不得不再经历它一次？还是再说，也说不出一个昨天？故事之所以是故事，就因为都发臭了、烂完了。墓坑下的污水，一点儿也不深，却足以惊心动魄：捞起刚刚逝去的一秒钟，已变形得面目全非。

于是，讲述，就是经历。每讲一次，揭示一个全新的经历。同一口棺材中，盛着无数尸首，还能增加无数，直到死者们亲密无间，给所有家庭做出典范。

他们集体与讲述者无关了。这条辛辛苦苦掘出的隧道尽头，一片空旷，和茫然。

那与盗墓者合谋的、心惊胆战望风的孩子，你能听到什么呢？

父亲的故事，听下去，都发生在你身上：

深夜两点了，你又困又冷，索索发抖，还得站在暴戾的老祖父床边，听他没完没了地吼叫。那张硬木雕花的大床，至今一闭眼，还在垂直陷落；

上课铃早响过了，你冲进教室，一条耀眼的柠檬黄裤子，把老师和同学惊得目瞪口呆。为什么不？他们本来就活该被惊吓！

一个把一首交响乐连听一百遍的年轻人，生活就是一场激情；而世界不多不少，恰恰等于狂想：爱情的戏剧性，不推到出走和革命怎能算极致？你向往血的颜色，虽然从未嗅过血的腥味，更想象不到它多么廉价。历史被践踏着，也无非搅成一团泥泞。

于是更火红的一代闯进来，逼问你。紧闭的门背后，你知道吓坏的孩子们在偷听。小声申辩的父亲，一点儿不像父亲。

母亲逝世的消息，让她的脸突然清晰。但你在自己的流放地，连哭泣也不被允许。除了沉默，反锁起门回想，母亲生前一件件小事。现在才懂得，她想念儿子时多么孤独。那个晚上，天空苍茫，梦也无路归去。

非得有，两次一模一样的疯狂：最初的，反叛一个落到身上的现实；和认出接踵而来的现实后，再反叛自己的反叛。

非得，把一个故事讲述两次：用父亲的嘴和你的耳朵。咀嚼，持续不断中只是一次。你比故事讲出的更多。坐在这屋里，两副相貌和表情，仍互相复印着。你听自己形成的原因，一点也不惊讶。你能给父亲讲几乎完全相同的事，从日期两端，你们彼此倒叙。

非如此不可，把一具躯体中出土的日子，埋进另一具。直到舌尖上，仅有两个名字的区别，被叫出来，为了签署同一个血缘。那不知从哪儿流向哪儿的河，既无上游又无下游，只一种节奏，震颤全身。血红的节奏，本身就是命运，你脆弱得无力回避。

就接过来吧,玉琮的故事,玉琮是故事。你,以父亲为出处。从一个人倒叙出一家人。两代人,骤然分别的十几年,经过一块石头折射,演绎成逃难的两千年。都是记忆也都是现实。每个人,被无穷无尽的现实记着,越来越酷似,一幅早已画好的肖像。传记写完后,主人公的姓氏空在那儿。等着,一代一代去填写。满了,就倒掉。"哗"的一声,玉琮难以觉察地又暗下来一些,暗得吻合于此刻。

黑夜,缓缓地,从父亲嘴唇间吐出。那么平和的语调,谈论自己,比谈论别人更遥远;或谈着,好像什么也没谈。那才配称为黑暗吧,无所不在地溢出时,等于一种透明。婴儿襁褓中就充满的黑暗,温暖地包围你。近极了,所以得花整整一生去思考。一只玉琮石质的安详,你还远远没有学会。

其实你该问:怎么不是石头的?哪张嘴唇一开一合,不在吐出,自己里面那么多别人?浸着血,冰冷僵硬,穿过就像掉出,巨大可怖的扇贝。沿着咽喉陡峭的甬道,谁曾说出过不同的东西?父亲的七十岁,相比于玉琮的两千年,无非一个太仓促的结尾。你的四十岁,瞠目结舌地落在后面,甚至还不配被称为结尾。馈赠一个黑夜,这礼物太沉重。

你不得不想:这是遗赠。祖祖辈辈的故事,由父亲复述一遍,现在轮到你了。玉琮的不知第几个版本,根本无须考证。天圆地方的宇宙,在你内脏里埋着,仍是最古老的原型——当你感到,父亲的笑声,缓慢地不停地,移进你嘴里;玉琮不是别的,正是你体内一个硬化最彻底的骨节。最亲近的果实,永远离不开了。送葬者、死者、盗墓者,用不着互相介绍,都是同一个故事的执笔者。

接受一个黑夜，就被黑夜一一说出。

说出的都是真的。

四　房间
——天津，体院北育贤里41—201

一九九九年，夏天：

道过"晚安"，掩上门，小屋里，本来就漆成棕色的家具，依稀只剩下轮廓。高高低低的，每一件有条黯淡发亮的边缘。不开灯，眼睛也很快会习惯，就着门上面那扇小窗，隔壁，透进丝丝缕缕的光。不是用来看，而是用来想的。秘密地想，像这个角落：一张床放在墙后；而人，醒着躺在床上。谁也不知道，这睡眠不存在。一对耳朵张大着，宛如躲在黑暗深处，努力捕捉隔壁发出的每一个声音。那么小心翼翼地，收拢一条条丝线，拉回声音尽头某个人、某个动作。分别的多少年里，多少次，远远地想：有一个晚上，要回到这里。在这块屋顶下，什么也不说，只躺在暗处听。盯着眼前一片抹掉距离的虚空，猜想，过去里究竟发生了什么？寂静中，还能发生什么？什么也没有，除了这个夏夜，电在一根秒针里震耳欲聋地爆炸。听它，已足够幸福。

一九九三年，冬天：

鬼故事，一定有现实的可能性。否则，这诡谲的一切怎解释?梦裂开。叫卖声,紧贴着还没泛白的窗户响起来,又吵闹又迷人。冰块般的天空下,一场街头歌剧,拉长各种各样音调。弧线,彼此穿插交织着。寒冷中总有一些嘴,正渐渐接近或离开。从来没料到:这儿有这么多小贩,整整一个世界被编撰成词,唱出来,就收容进一个早晨。还借助小喇叭,尽情扩张欲望的能量。破自行车,吱嘎吱嘎骑过,与堆在楼脚下、锈得认不出颜色的那些,没有什么区别。干巴巴的黑树枝,也像铁,生来就锈了。这城市,离海不远,却始终埋在厚厚的尘土下。或许不是埋,砖头、三层楼、水泥小马路,本来就是从尘土中长出的。尘土,像一个本质。让这堆垃圾,也在活,标了价地活,塞满喉咙,又呛了,恶狠狠咳嗽。噪音,撕下一只粘在半睡半醒里的耳朵,又迷惘又贪婪。没别的比喻,只能像鬼故事。用心听,纯粹因为怕;怕再一次失去,所以比真还真。麻雀也夹在缝隙间叫了。这世界准时回来了,准确得像一个幻觉,紧紧围在身边。

一九八八年,春天:

来到是为了告别。公共汽车站,就在街对面。等车的人,肩头都罩着小槐树的绿荫。真嫩呵,还不知道,生命这件无法退还的礼物,会玩多少巫术?一次告别,可能预示一个短短的旅行(轻而易举的结束,像挥手那么漫不经心),但也可能,无限拉长,让一生的胶片,一次性曝光。来到这块空白里,就没人能再走出去。车站前必须经过一堵矮砖墙,越不起眼,在回忆中越致命:一个躯体什么都没变,就被它透明地切成两半。两个词:"以前"和"以后",说出就隔开,一滴浓度相同的血。一个口音,也被车门夹断,分为锁进这个春天的,和再没有春天的。以后的春天,惟有在想象的深度,回到伫立路边的这一刻。这随随便便的转折点,因为不知不觉,才触目惊心。就那么转了,甚至不知转向哪儿?眼睛的正前方,肯定没有这儿。小槐树还裹着自己的绿发呆。而告别空无一人,继续到今天。

一九九九年,夏天:

父亲在隔壁走动。那另一个黑夜,在声音里,格外真切。听觉本身是一种生活。一个片断一个细节:茶杯,落到玻璃桌面上。热水瓶的软木塞,拔开又盖紧。一串气泡由大到小,贴着瓶口冒出来,滋滋响,滋滋,响。杯盖合上了,闷着呢。墨绿卷曲的叶子,伸展开,漂游着。摘下炒熟了还蠕动,像小虫子。茉莉香,想到就沁进肺叶里。有脚步声,从桌前踱到书架前。取下一本,翻了翻,又插回去。再换一本。这动作,每夜得重复多少次?直到选中了,一把椅子在嘎嘎响。坐下了。好熟悉呵,那阅读的样子,透过墙壁也看得见。台灯的高度,老花眼镜隐在黑影里,而一本书依托在手上。书页的鸟翅就翩翩又飞过一夜。多不平静的夜,他一次次起身,在沙发和茶几间的狭窄空地上,缓缓旋转。散步吗?这区区十几平方米,容纳了人生最长的直径。最后的?终于无所顾忌的?如珍藏多年的玉琮,或一只宋代瓷瓶,一直更苛刻地挑选,那双配把玩它们的手。得七十岁,才活到这样的自由：颠倒那些昼夜，把人类从眼前删掉；父亲通宵醒着，无视世界在梦呓。或许能说：是最深的。不走一生那么远，谁能抵达这个夏夜，听清这精雕细刻的几小时？声音内部的静。骤然被一阵咳嗽覆盖，猛烈而亲切，像从另一颗星球传来。

一九八六年，秋天：

还叫新居呢：水泥四壁，粉刷一层白色，就遮住过去。老骨头，早遍布裂缝了，换成另外一个地址，就又能以为：仍是第一次。红砖的简易楼，陈旧的廉价货色。必有一块块土，被踩过、搅拌过、捣烂后塞进模子，脱坯成形。也模仿一种人生的经历？死过，多想就停留在死亡里。但不行，还得复活，微笑，让太阳晒干。交给火，烧制一副固定的表情。从里到外，必须兴高采烈。谁搬进新居不兴高采烈？邻居们也来祝贺了。同一个命运的分享者，在祝贺还是幸灾乐祸？又搬来一家，再集体去。把别人对自己说过的话，用自己的声音重复一遍。说，可千万不要问：粉刷一新的今天下面，昨天的断壁残垣怎样了？秋色，堆满肮脏幽暗的门洞，从来没人清扫，已熟视无睹得犹如必然的景象。狂风吹过，每棵树像只被狠狠撕碎的盒子，把漫天枯叶从怀里抖出。焦黄的断掌，四面翻飞，仿佛还要抓住什么。什么也抓不住，就干脆放弃。彻底松开，不是拒绝，是接受：新居的新，时间从零开始的许诺。从搬家这一刻起——眯缝着眼，嘲讽地盯住，根深蒂固的谎言。

一九九五年,冬天:

穿过这座自己的城市,却没有家,是什么感觉?眺望一扇窗户,却不能走近它,因为灯光已是别人的,这冬夜才加倍的冷?像旅馆房间那么冷。鬼故事的主角,不顾一张床多么黑。月光下,皮肤两面都是能脱掉的白。脱光,梦说变就变。能躲到哪儿去?惟一的温暖来自一处伤口。单数们,彼此欣赏着,一次次跳下去。越陌生,越在疼痛里性交。疼到头,就忘记沉溺的虚假了。没有水的海恰恰是真的。条条食肉的鱼,满嘴温柔的利齿,咬住就不放。蜷曲,弹开。惨惨的叫。浑身每道缝里要求一个吻。性别被抽着。肉色的巨大翅膀拼命扇动。天空,瘦骨嶙峋。鸟儿保持在最紧张的一刹那,刚要从枝头跳起。自私透顶的一刹那,无视世界的空。只要射出,去坠入加倍的空。让瀑布声,洗劫残存的记忆。零下二十度又怎样?什么都没有时,只剩一个小小的地狱。圆圆烫人的,热带。掉入,鬼魂也会蒸发。要什么家?失去从小长大的城市,就该没有家。回来,无非为体验一张床的缺席。这冬夜的缺席者,把自己逼到头,忍受着甜蜜。与又一阵快感邂逅,风声在嘤嘤咛咛地呻吟。

一九九三年,冬天:

一副眼镜保存着母亲的视野。眼镜,死者双眼上蜕下来的壳儿。玻璃,假眼球的光泽,再擦拭也不会还原成真的,却是那道注视曾经存在的惟一见证。从各种角度看,倾斜厚厚的镜片，一偏就是一个不同的世界。弯曲度，歪曲到头晕目眩的程度。母亲就这样认出孩子们？左边镜片下缘，一块裂痕是怎么回事？它摔到地面之前，空中必定响起一声惊叫。不再对称的镜架是怎么了？两只乳白色的塑料托儿（曾经新颖得令人羡慕），应当稳稳夹在鼻梁上。让一双小手摸，戴得太久后两片浅浅的凹痕。多精美的手艺，一条金丝弯过来，原本为对抗时间的流逝，现在证实着它在流逝。还会锈呢，铜螺丝底下隐约溢出的绿，拧在记忆里一动不动了。下一次松，只意味着断。总有一天，连儿子的追溯也会断。死者就真的孤单了。紫红色眼睛盒，一只曾有金属弹性的贝壳，狠狠撬开过，已什么也留不住。母亲就看着，那比她消失更远的、远得她也认不出的——最后的纪念品，纪念着不再回来的。一副眼镜被拿在手上，清清楚楚显出：那一面没有死者；而这一面，从来不是同一个生者。亮晶晶的窗户，越推不开，越突出这个含义：没有想重见过去的人，不是瞎子。

一九九九年，夏天：

因此听，变成不得不听。人为的黑暗中，躺在父亲房间里。发生的一切，只能死死缠住耳朵。犹如这一声，夏夜也切断不了的蝉鸣。有什么能发生在外面？现实，刺痛着耳膜，都拥挤在一个现在里面。这充血的、嘶鸣的，顺着弯弯曲曲的隧道滑落，在一个漩涡下旋转。有一张父亲的脸，一个悄悄迫近的老。年龄，只有被内脏读到，让血缘那么深的听觉知道：连这片黑暗也是有限的。每听进一点点，这根丝线就磨短一点点。某只手冷冷收着。一刻不停地，绕紧一个线轴。甚至聋，也在预示那个威胁：蝉鸣被扯断时，整个空旷夏夜里，将只充斥一场耳鸣。同样巨大，却仅仅是残骸。那就太晚了，即使砸开躯体，把暗红血污的线轴抠出来，也择不清哪儿是线头。哪儿都不是，乌有的乱麻里，没人能抽回这一天。这一刹那，擦着脸颊过去，火辣辣的，一股咸腥味。父亲被自己弄出的声音，又吞没了一点。太宝贵太残忍，每一点是一次永诀。

一九八八年，春天：

多希望没有这支音乐。这音乐里的分别。大提琴，像一位老人在呜咽。谁呢？老年好深呵：有双作曲的手，装饰着雪白的羽毛笔，写下这宁静，犹如一个死者远眺着生者们；有把琴弓，将弦，安置于所有躯体内，拉，压抑不住的哼声里，干透的骨腔不得不共鸣；有，关上灯的房间。机器，用明明灭灭的磷火，显示另一种活。两小时的一生。两小时，时间的液体在肉里泛滥。皮肤不在，才学会，能这样把自己交出去：混淆、搅拌成其他的，碾过、毁灭过，而天空旋转得仍像一张唱片那么平坦。那么稳，才知道，听见的远远不止是音乐。两代人，被同一只黑夜的开关遥控着，听任音符的咒语，不加注释，就把生命从里到外淋湿。是不是幸运呢：有一刻，能坐在一起欣赏，分成一小节一小节的精美沉溺？有惟一的非现实，倒叙着过去和未来的一个个现实。这么说吧，鬼故事，乘人们不知不觉，已概括了讲完了所有经历。有什么办法？人都被鬼魂倒叙着。藏进一把大提琴的鬼魂，震动一刹那，已包含了那些年：回来的、回不来的，回来才发现早被连根拔掉的。拔，从聆听音乐时就开始了。两代人之间无数代人，听到，音乐正掐住脖子。掐断的惨叫，沿切线方向甩出。落下。碎裂。尸首狼藉——最简单的地貌，恰恰符合听这支曲子必需的沉寂。

五　玉琮

在我书桌上，还有另一块石头。

一块来自罗马废墟的大理石。

我曾久久寻找一块镇纸，直到一九九一年，罗马，那个下午。朗诵诗的间隙，跟朋友开车去郊外，徘徊逡巡于座座古老遗迹间：巨石堆垒的水道，当年人声喧哗的浴场，目睹过帝国兴衰的松柏斜阳……正留连着，一场暴风雨倾盆而至，给猎奇者开了一个恶毒的玩笑，把我淋得浑身精湿。够沮丧的，但慢着——脚前，雨水砸开浮土之处，露出了什么：我的手指抠去，是一块大理石残片。十二厘米半长，三个半厘米宽，两厘米高。底下仔细琢磨成平面。上面椭圆，带着累累伤痕。显然被摔断的两端，指着莫名的灾难。有点太完美了。它平放在掌中，像极了一只欧洲古代石棺的棺盖。暗暗的白，固执地发灰。这截岁月的残肢，甚至隐隐透出青色。早死了，还是用坑凹里点点石英的亮度活着？我被来自时间深处的目光盯着，击穿，带走。那一刻，镇纸宛若天赐。

刚开始，我并未完全懂得：究竟是这石头的什么，如此慑服我？它成为书桌的一部分，而书桌，换了一张又一张。窗外的景物，比一首诗变得更快。两行之间，四溢的距离，可以是国际可以是洲际。哪个漂泊者，不在与一块石头竞赛：看谁，能用自己有限的体积，储存更多更沉重的经历？我写，字在纸上；而纸，压在视线和石头下。一年年，是我的视线渐渐石化？或石头已看够了、塞满了，太多过去中太多我的视线？每天早晨，下意识的亲切抚触。这块灰白实心的大理石，磨擦着我的手心，正像灰白实心的死亡的知识。远隔千载，却确切无疑，让我们在各自体内摸到对方。

是的，远隔千载（并非初次用这个词）。大理石在无声提示残酷的"历时性"：一个持续的现在——只有现在。谈不上哲学，像简单重申一个事实：这张桌前，我坐着；血液挤压得一条动脉微微凸起；某个笔画刚写下一半。"现在"那么具体，就像能被捏住、切片，放到仪器下观察。一页薄薄的云母，被撕开时，有银色闪闪发亮。一块大理石的片断，以局部，暗示着矗立于冥冥中的整体：它曾从属的一尊雕像、一座建筑、辉煌的城市、以大理石之都命名的帝国。"现在"的序列，能扩展到无限：必定曾有一个理由，用郊野上血淋淋的祭祀或广场上豪华的庆典，给一块石头揭幕；然后，有一个毁灭，无论是否毁于暴君狂笑其中的大火，结果并无不同：历史中，某个"现在"烧焦了，崩裂、脱落了，留给今天，这么单薄的一小片。纤细得像一根羽毛，时间一抖，就挡住全部"过去"的伟大风景。我们竭力眺望自己来历的眼睛，被挖空了瞳孔，活生生看着虚无。

与此相对的是一只玉琮。一九九九年回中国，父亲送给我留作纪念。父亲的？我手心里，曾经捧过这玉琮的那么多手在融化。两千多年来集体的体温，被吮吸净尽，加入一块石头的冷。这还不够，还得加上我自己的、一切等在未来的，非如此不足以维持这个仪式。祭坛，又小又精致，反衬得生命始终浑浊。肉冻，半透明着颤颤巍巍，混淆了同一个"活"，又配给每一个。这形式好单纯呵，以至于太恐怖：谁的手，不知不觉探入我里面，死死抓住骸骨的环？谁设计了套在环上一副方方正正的镣铐？这人工宇宙，不停在诅咒，一个没有人的处境。这个词被发明出来——"共时的"——刚好够抵消，我们名字里每一个词。古往今来我们的轮回，轻易被囊括。无所谓"现在"，才无所谓过去与未来。就是说，有"时"，却没有"间"；有日子，却未标明来去和远近；有人，却辨别不出我或他——父亲递过来的，正是把父亲彻底吞没的，在我诞生前也一口吞没了我。就这么成为我们共同的象征。

大理石，深深凿刻着这个点：历时的虚线中，一个孤悬的"现在"之点。日晷、表盘上钉进每一点的针，也太笨拙，扎不中它时，无可奈何地指着。分钟、秒钟、万分之一秒，凡被说出的词，都太粗糙太笼统，无法描述那种无限小。嘀嗒声、滴水声，简陋的形容，远远不够形容，一场贯穿万物的静静渗漏、一场流走。"现在"，永远比人能测量的更短促。被摸着，就过去了。还没摸到，已滑入下一个，下面无数个。那谁能说：活在——"现在"？活成一场乌有。大理石的可怜企图，从被开采出来起，已被当作一种想象的材料：要标明时间的刻度；进而，去对抗时间的刻度。但我该说：一块虚无的材料，因为时间根本没有刻度？那是什么，在上千年里，强迫我们忍受着风化和肢解？一点一点，具体地崩塌过。那明知血肉是怕疼的，却热衷在每一刻那把我们弄得更疼的，难道仅仅是一个玄学？没人能证实它存在，却风暴般裹挟世界而去。

玉琮，则预先取消了片断的意义。实际上，在预设中，它已删去了划分片断的可能性。天——天空的"天"或每天的"天"？圆，不是形容词，是动词。晨昏、四季、日月、兴衰，一个人深夜独坐，听星空中迢迢周流的，什么是片断？什么不是片断？是不是又怎样？那地、方连起来读就对了：一个"地方"。宇宙那么大的这儿，又像每个人一样小。更美更残忍，必须是人造的。日子，不超过一种思想时，仅仅供咀嚼着，随便啐出一口，就给出一个不朽的幻象。那种不朽：一只玉琮即使深埋地下，也在某个仪式中被高高擎起。一场祭祀，即使早已随风飘逝，也仍在夷平这两个词："千古"和"一瞬"。如果一切同样擦身而过，谁在此？如果，擦身而过的一切始终同样，谁不在此？"共时"，预设了一种不加区别的在——绝对包含所有不在。说出什么都是全部。每张嘴的形状，代表了人这座废墟，搁置在那儿，孤单，哑默，既没建造也没毁坏过任何东西。

一个点上一块大理石残片。不，没有点，只有大理石残片。不，连大理石残片也没有。无限可分的"历时"，不放过任何对象。人，已确定了切割的形式、折断的形式。残片的残片。躯体，暨入时间的玻璃转门，眼花缭乱地，被关进一间间单身牢房。每一间里有我。没一间里有我。这越是狭窄的、无墙的，越被反复加固着，永远无从摧毁了。连监狱都不知在哪儿，越狱怎能不是多余的？只有一只玻璃眼珠，被集体共用着,看"现在"。可谁看见过一个"现在"?每个人毕生,不看也一定到来的,惟有两个时辰:诞生,一个非自觉;死,冗长的自觉。现在,我们无非徘徊于这两者之间,一片向死的、未死的、回避死却已被死深深浸透的领域。得感谢死亡吧,被沤烂就是被熏香:恐惧,至少给历时一个定位。否则,现在连假设都不是——一场甚至称不上"自己的"失败——就残缺到了头,这无人的、无边的,幽暗。

"共时",意即从末日开始;从对"存在没有下限"的认知开始;从无视"自我"开始——这并非怯懦。玉琮雪亮抛光的表面上,映出一张脸。又一张,另一张。五官在石头深处潜伏着,拂去谎言和尘土,每次浮起来,是同一张。只有这样才清晰了?玉手铐,不指定锁住谁,才谁也动不了了。空着,想拿的手就被一一换着,被拿住。解除了"现在",历史的号码才纷纷散开。一条链拆散开,组成这个词:处境。一页表格上,我们都蘸着水银填写,从生到死的处境。从第一声啼哭,就在哭一个死后。死者那没有时间的衰老,也像生者,凝视一面镜子,认出我就是父亲:这张皮肤上,纹路早就画好了,惟一要做的,无非沿着线折起来,叠进去。当一个苦笑,又被完美无缺地剥下,烧制成瓷器上刮不掉的花瓣,谁还有能力消失呢?当一个叫"现实"的,取代了每个人的自我,连逃进死亡也不是消失。当毁灭发生了,毁于哪个时刻有什么关系?从末日开始——我们已习惯,全体自称鬼魂。

"历时"的声音是孤独的声音。镇纸,镇压在有人称、有时态的词上。僵硬的五指,僵在空中。弯曲的铁钩子,绝望那么黑,还在坚持,一个去抓住"具体"的努力。写。即使抓不住现在，至少以为，这阵刺进心里的疼独一无二。哪怕仅仅一次，大理石能插进毫无缝隙的时间。把要求降得更低些：这纸上美丽的文字，只想让一双眼睛读到。当记与忘同样在变形，甚至无须被记住。为什么不？把亲手写下的，亲手去毁掉——自在地看着，水洗刷那些字。一张脸，鲜艳的五官，在水声中褪色、变软、脱落。旋涡发黑，告别般浑浊。就放心了，毁掉也是一种证实："现在"，在手中停留不住，却能被冲进下水道。一具喃喃自语的躯体，垂直坠入无数世纪积累的污秽。把它弄得更脏一点，更臭，吞咽下的腐烂都无从吐出，"现在"的意义就明确了：那不能重复的、一次性被杀死的。无论多荒诞：虚幻的刀刃，却实实在在切削着每个人。铁屑横飞。大理石镇纸，一块象形的墓碑，压住隔离在各自病房里的疯子，把互相听不见的呼喊，压成一片沉默。哪怕仅仅一次，用尽一个现在。

玉琮是一首诗。"共时"，一个反历史，刻意把孤独加深到极致。得发明这样的语言：揭示血，本来就远离躯体的石头的性质。死者埋在地下，却把所有行走在地面的，变成等待出土的。从涂脂抹粉的微笑深处，出土一只骷髅。从眼眶中顾盼的目光，出土嘲讽着任何目光的黑暗。出土，那意思就是，剥离和删去。无人称的动作，只是同一个动作，反刍着成堆的血肉。非时态，灾难就不停发生。恐惧的画面，没签署日期也永无终止。这么说吧，诗，把一页纸变成了一只玉琮。写着就是含着，身旁一切时代的梦呓。太相似了，连说孤独都显得奢侈。这儿惟有，被迫同居的不孤独。再剥开一点儿，玉石深藏的暗红笔迹，像一个摔不碎的课本，专门讲授创造孤独的知识——诗先天反历史，于是囊括了时间：谁争取到彻底被删去，孤独才完美无缺。鬼魂的地址，被沉吟透了假象的人爱上：逃入此处吧，当从来没有谁，曾自此处逃出。

两块石头，在我书桌上，挨得那么近。从两面，时间被掰开，又狠狠拍到一起。天空一黑一亮，我就翻不动了。沉甸甸的身体，既历时又共时。换一个角度看，总像加倍的谎言。回到空白，再写满。揉皱的草稿，堆在墙角。足迹，就不像定形的过去，更是隐身的未来。隐在暗处，隐隐地威胁，这一刹那：屏住呼吸的、忍住心跳的字，形而上的不妥协，别说对抗岁月了，甚至对抗不了一个人的年龄。我被压着，动弹不得，而一个反讽在窗口审视：雪亮刺眼的光，又无遮无掩劈面而来，挥霍九点钟的早晨。那个敞开的惨白封面下，日子没一点儿重量。

六　房间
——北京，国际关系学院一号楼117号（重建一间小屋的纸上作业）

【"鬼府"】

一幅书法高高悬在门上。那空中，他定睛望去，门粼粼波动。一片垂直于地板的湖面，时近时远。门也是幻象？模拟着古老的哲学：间隔，指向哪就在哪；抹去，哪儿都不在。外面徐徐延伸进里面；里面，翻开就是外面。再翻，小小的四壁间，罂耗肆无忌惮。他能懂，那老书法家，为什么被这区区两个字吓住。醉、发疯，都帮不上忙。他写不了——两个字狠狠地吸：一管笔、抓笔的手、手中的血脉和精髓、整个人，汩汩倾泻到宣纸上。泛黄的月光，骨殖松脆。敢叫"鬼府"的房间，当然什么都不剩。飒飒风声中，一切一触即碎。漫天纷飞四散，飘飘摇摇的纸屑。

【留声机】

黑暗的琥珀。一盏绿荧荧的小灯，仍让音乐一滴滴淌下。向右，沿着墙过来，转过角落。人形的轮廓，这里一个那里一个，像被粘着一动不动。听的神秘，似乎怕被听到。音量凝结，胶着成一小块，留给孩子的记忆。母亲模糊的口音，仍在读出唱片封套上的字。空中弥漫着，密纹唱片特别的味儿，留在，比肺更深的地方。一支会歌唱的针，旋转。日子是琥珀，嵌着精美木纹的盖儿，打开，一手臂远的暗中，有人团团围坐；再合拢，灯光悠悠飘去，倏地熄灭。他独自惊醒，在乱坟之间。

【西藏的石头，之一】

他闭着眼，就选中这句话："风过，风在读；水过，水在读。"海拔五千米的山脊上，石头刻出自己的真言。字母一笔一画，凿进半指深。颜色，一块比一块更鲜艳。光秃秃的水泥地，衬出一本彩色的书，摆在留声机上看一个人徘徊。忽而左面忽而右面。咫尺之内，他转身，就像推那轮子，诵经声嗡嗡不停："风过风在读，水过水在读。"

【西藏的石头,之二】

那一刻,他就是欢喜佛。度人也被人度。被谁?度到哪儿去?永远有更高处。草坡,被千百万年的光洗得发亮。绿度母,沐浴成金黄色。低低的天空揉他的裸体。云,吮着他。白度母,让他玩。一千只手上闪动一千只眼睛,没办法回避时,一件高原上的杰作,不得不触目。得像大自然那样忍住。视野中最单纯的线条,犹如自己身上暴露的那几根,他几乎想说:单调的。热,总沿着腹部细细向上爬,搔着,挠着,越缠越紧。忍住又一次。他闭上眼,没完没了地欣赏,金莲花,绣满了眼皮内的黑暗,一朵一朵从深处涌起。要害,就那么被攥住,逃不了了。从里面,他放弃了,像被死后的智慧按倒,摊开,抽打,挤——出,阳光中度母们脸上亮晶晶的,流下千万颗非人类的精子。

【红茅草】

通红放纵的一大把,站得高高的死者之灵。刚出炉的,还烫手呢。还在那天,一月的西北风狠狠扫过,废墟中东倒西歪的石柱、拱门哐哐作响。冰,探出麦茬间、湖岸上。无所不在的灰白色与土黄色中,只有这把草,太狂了,挥舞一团火红。他知道,那是冬天放出的死亡的颜色,死得越彻底越鲜艳。越不偶然:正是他走过这里;正是他的今天,比以往任何漫步更茫然更无目的。好冷呵,才到这片从小依傍着长大的废墟中,去感受更冷。被石头襁褓继续抱着。他不得不采下,招手的野茅草。什么花朵更适于献给母亲呢——当,那个冻硬的早上,母亲刚刚死去?

【"祭红"花瓶】

忌日的忌？死亡发生的当天，就被摆在书架上，充当一具躯体的赝品。或纪念的纪？一把野茅草插进里面，红色像从瓶口不停喷射而出。还是祭祀的祭。某个日子蘸了血，耐心等待着，一年一度的返回。蜡烛，在下面。一个比野茅草更蓬乱嚣张的黑影，被投射到天花板上面，俯瞰他，一年一度沉默三分钟，与母亲对话。谁祭祀谁呢？他听见母亲在耳边说。母亲的鼻息，轻轻摩擦过草叶。他抬起头，不出所料：花瓶上果然掠过一个笑容。

【书架】

三十年前，他的手塞在父亲的大手里，穿过节日红红绿绿的街。骨碌骨碌的黑眼珠，一下就抓住了，小书架凸现在商店角落里的新。父亲被拉回来，翻来覆去地检视，那几根靠螺丝拧住的骨骼、清漆闪闪的合成板。而他暗暗骄傲，自己发现者的美学。就这么搬回家了。书，一本一本放进去。书不停地换。三十年，惟一一本还没读完。入夜后小书架上的哭声笑声却大了。尘土，四面八方围上来，连这一夜那一夜都分不清了。或许压根儿只有一夜？他用四十岁重写衰老，恰似在勉力支撑着，一次虚度的太多再版。小书架，如今被扔在哪儿呢？那一堆火，摇摇晃晃，想到就在燃烧，犹如惟一的读者。读，就加入灰烬。

【南宋天文图石碑拓片】

没有一个星象不是可怕的——把这张纸钉上书架时,他想;

而没有星象呢,更可怕——他注视着拓印的石刻星空间,一道道纵横交错的裂缝;

但没有怕,谁会在意星象呢——纸悬挂太久了,早已分不清:哪儿是本身的污迹,哪儿是九百年的征兆;

怕的正是没有,因此,哪怕有一幅赝品——那只蓝蓝的独眼深不可测。他惊觉:自己的星,竟从未标在图上。突然一阵恐怖,这房间太大了,一夜太长了,呼吸声太虚无缥缈。他,干脆掉过头去。

【"写字台"】

左前方一张天葬台的照片,静静比喻着他的缺席。黑暗或明亮,像两个词无须理睬。从子夜到白昼,纹丝不动的里程,用一整块鹰嘴似的巨石伸向天上。锤子、凿子,搁在那儿。逆光显形的大大小小的坑,有多少人重叠在里面?大大小小的入口,通往另外的房子。谁要抵达那儿,必须脱掉脸、血肉、骨头、性格和名字——所有会弄出恶梦或噪音的小东西。一句话,比裸体走得更远时,才到了。砸,像过滤一样无声无息。鹰落向悬崖边缘之际,翅膀向前扇,阵阵大风,冲下五条河并排流过的山谷。又一根肠子被凌空叼起,长长晃过眼前,断了,"啪"的落到纸上。这诗意的、抽象的——他和他写过的字,那积雪的,再次被擦去。这张桌子的性质,从它还是半块玻璃黑板时就确定了:再擦掉为了再写下。从它听到另外半块,给空荡荡的废弃教室,塞进震耳的爆破声,就被一只镜头看见了:写和擦的同一个动作。从十几年前,照片像一个窗口,把生者关在外面,他就是剩下的,又老又多肉,无望地等着离开,像一块擦也擦不掉的污垢。

【题辞】

"人,是在被世界抛弃的一刹那得救的"——圣方济。

【窗帘】

什么不是为了隔开?四堵墙,灰黑劣质的砖头,缝里还抹了水泥。天花板、地面,钢筋混凝土的匣子。皮肤,把人紧紧裹住,一直禁闭到死亡那一天。但腐烂,还是把秘密泄露了。一具尸体上,腐臭凿开成排的窗户,请邻居朝里看。他还能躲到哪儿?手都没了,拿什么捂最怕踢的要害?那样一想,就不嫌烦了。站上窗台,挂,两幅白绿相间的旧泡泡纱。拉紧,今夜就忘了,窗外无数窥视者。又逃了一次。窗帘后面,身段和姿势原地舞蹈着,一一穷尽虚拟的美。这舞台,自己欣赏着一夜表演。早知道,没什么能不被第一阵鸟声捉回。人,比被抛弃可怕一万倍的,是被死死抓住。那怎么得救呵?窗帘两侧都在问:活在这个世界里,谁敢奢望和它保持距离?

【床,之一】

母亲们的角落,越缩越小。直到一位老女人,几乎变回一个小女孩。卷曲的花瓣,萎谢时和尚未绽开时的柔弱,简直没有不同。还能更小,刚刚成形的肉体,刚刚脱离流质,还站不起来呢,只能被抱着,轻轻放上床去。这张棕色古旧的大床,先天一团幽暗。先天,适于母亲们躲进去,想象,躲进自己的子宫。让自己把自己再生出来一次?那是否就有机会选择,一个不同于这一生的经历?母亲,最后一次被搬动,是否在感谢:最后的身不由己?至少,这角落将被封闭起来。今后的对话,将只在记忆与记忆之间——而没有现实。至少,一张床成了一个悲哀故事的结局。没有比母亲死后才洞悉她的孤独更惨痛的了。结尾,意味着挽回不了。该感谢,本来不值得复述的内容,终于消散在空中。记忆与记忆之间的领域,连孩子也不能侵犯。母亲们的孤独才完成了。这油漆驳落的、木头的、从上一个母亲那儿借来的孤独,等着下一个,传下去。归根结底,睡在死者间多么温暖呵。她们肉冷如冰,朵朵无人照料就自动浮现的梅花,又在熏香一月。只一闭眼,他已置身那座花园。

【床,之二】

水,顺着双腿流下。水,软得不能再软的牙齿,最会咬,遍体鳞伤之处。凉凉的手指,那么长,懂得怎样深入,两岸微微张开的、羞涩躲闪的、河。越向内越赤裸,涮着,尖尖的舌头。河知道:洗,能有什么意义。午后房间里阴凉幽暗。窗外树叶中,蝉大声叫着。也是水声,从一个夏天到另一个夏天,垂下一道瀑布。水,其实悬着没动,是夏天鱼贯而去?喘息悬着没动,水迹溅了一地。湿,响着,一粒一粒剥开卵巢那只石榴。漩涡,被一个深度拧紧。波涛,沿着脊髓一节一节涌上头顶，拍打，鱼绷直在一种死亡上。在夏天，水大汗淋漓。不可能更高了，每一滴都是最后一滴。水绝望地泛滥。冲刺的尽头，恍恍惚惚看见，房间、午后、一只蝉，都已被洗掉，像自我一样被洗掉。生命如此完整，因为哪儿都不在。薄薄的躯体，留在浴盆里。那个被他擦干后捧到床上的，从来是鬼魂。

【面具，之一】

他的十二张脸列成一排。从早到晚，让墙上移动的阳光数着。十二种阳光，被每双怪诞的瞳孔瓜分一次。十二对雪亮如水果刀的门，转着谁削？滋滋飞出的果皮，打着卷儿，一股股甜腥。早晨走进去，像等待屠宰的；黄昏时出来，又衣履鲜亮。另一头野兽？或稔熟换皮术的同一头。不变，就把十二年的天空变了。一个人有十二生肖，他依次模仿十二种属性，感到周围千载环绕。却，只需死上一次。

【面具，之二】

惟一该避的邪，是这块黄土。虎头，大红大绿的惊吓或戏谑，突出后面那双手，合着揉着，这块河畔上的土树根下的土。都攥到骨头了。化石，几千几万年漏掉一小块；多少血肉才能提炼一小块。惟一的手艺，是过滤那些彩色。四季的颜色，只要混淆，就是无始无终的黄。只要捏，恶作剧地捏，什么美丽的故事，不能用人性的混沌做出来？这彩虎瞪着四面八方，才邪到头了。因为连邪也是假的。连那个狠，也可笑。整个命都交给它，就证明恨透了。他听得清楚，一块画有自己的脸的空壳后面，响着回声。

【面具，之三】

满屋子照片都是女性。每年一次，他移动死者。换一个高度，俯视略略不同，微笑就变了。头侧向右的母亲，被移到左边，开始笔直地张望；而更朝右时，赌气似的扭过脸去。一堵作为背景的破砖墙，也能移动，像在他梦中那样移动。早不存在的汽车，每变一个位置，还是全新的。和窗外象牙白的天空融在一起。她们的微笑拎着他，这欺骗就精美迷人。照片，从不止薄薄一层。死者的五官，涂过釉彩、烧制坚硬，却重重叠叠，继续着一个离开的游戏。世界的照片册，木头镜框也能掰开，玻璃也可以翻开。母亲临终之前，亲手装订好自己，递给他，一转身就站到墙上。无论他走出多远，都被满屋子光罩着。明亮。他觉得，等在空中的千手千眼，正轻轻移动他的每年。

【骨灰盒】

两只，在柜子最高一层。左边的盖着青纱。右边的盖着黑纱。小饰物，可怜得像命运，开始就摆在那里：一把假玫瑰。一只瘸腿的塑料小鹿。贝壳，一大一小，一个粗糙一个光滑，却同样留不下冲刷的痕迹。小象转笔刀，被谁也放进墓地了？死者还用写什么？灰烬那不值得记忆的生前，至少，现在应有权忘却。都烧了，用火洗净。盒盖，死死卡进两边的凹槽，就没人能逃出这道血槽。他闭着眼也能识别的气味，已一把一把掬起来，锁进去。不可思议的简单，就黄黄白白的一小堆，从炉膛里一铲铲进报纸。依稀一节腿骨，松脆得像枯枝或珊瑚。远没那么贵重，他想起草木灰。每个冬天烧荒之后，绝望的黑扬得漫山遍野。他想，没铲净的骨灰，哪儿去了？失去人的形状，丢掉一部分也就无所谓了？甚至不必扫一遍。破报纸上草草粘着的标签，还给母亲们本来面目。死者的厄运，到骨灰盒还没完呢：其中一只，得等到小偷深夜撬开门，溜进来把它匆匆抱走，再狠狠倒空时，母亲万里迢迢外该向谁去托梦？他亲手埋葬另外一只那天，甭看就感到，这屋子第一次空了。死者真的走了。他知道，她们不会回来。

【抽屉】

他不能想象，有另一双眼睛，此刻在读那些书信。另一双手，慢慢撕，一只一只信封。沙沙响。陈旧的胶，在年代里反潮，重新粘起。太脆弱的鸟，想保护心里那些字？反抗不了陌生人，才吱吱叫？他不得不猜测，一丝邪恶的笑，怎样爬上阅读者的嘴角。目光，磨快的刀刃，挑开、拨弄着鸟儿的内脏。第二次，心跳翻到外面。羽毛可怕的透明，展览出鸟儿的疼，供人参观、把玩，编成目录，印成书。第无数次，揭示暴露的含义：什么最亲近，就把什么交给别人。他就没有隐密了。连自己都无力保护，何况写给自己的字？鸟，只能被另一口锅炖出肉味。让他们嚼得口水四溢。从解剖学的角度，公开自己，也能是一种反向的幸福？这么想着，一片初夜的血迹，斑斑点点浸入布纹，就从未干透过。抽屉"嚯"地拉开，盈盈一汪殷红，满室泼溅。就把秘密存在那个叫宇宙的地方吧。

【小沙发】

从门开始的句子，以门为句号。小沙发，一个倒叙的起点。都记不得了，最后坐在这里的时候。破弹簧，脱臼似的支着。罩上红绿条纹的毯子，就新了。足够让他陷进深处，去神游。如果他知道，那是最后一次。时针，倒着拨，竟然会折断。一只小沙发会死死卡在时间里，再执拗的指甲也抠不出来。他会不会把自己嵌进它，像颗旧螺丝，拧在木头里生锈？这块木头，在这个房间。比骨头更天然，更拒绝更换。如果，"最后"意味着：这里、沙发、那个他，已一去不返。墙上两位呵呵笑的诗僧，笑着的是虚空。谁还骗谁呵——能停在，一个彻底抹掉了自己的位置？

【残骸】

钥匙用来打开一把不存在的锁。小小的唱片柜，专门找好松木打制的。无处存放时，他亲手扔出去。看着它斜斜倒在垃圾堆里的样子，才知道，东西也会死，被抛弃一次就伤心而死一次。没有唱片的脏腑，还唱着没人要的过去。他把柜门锁上，想，这也是一座鬼府。要不了多久，又将被砸开。一声失望的"呸"，给鬼魂们离开的信号。就这么无家可归吧：带走一把钥匙，拥有一次放弃。

镀银的小勺，仍一口一口喂着他。陶盘，阳光中一抹金色，用来盛谁的血肉？在子宫里精心穿戴的血肉，打扮好，蹚出甬道，他就逛在世界上。扮演未来哪个？还没咽下的那个？或其实早嚼烂消化过的同一个。他留在身边的，一个家的原型。残骸们怕他烫着的一口口嘘气，仍在拂面而过。吃吧，雪白的奶、童年剧毒的食品，滑入他深处，像一道毁了一切的瀑布。用前世打着嗝，呕吐出这个来世。

【鬼府】

个人的地理学永远逆时针旋转。

母亲还忙碌着，这间被占领的教室，四壁空空。捡来砖头、暖气片，用报纸细心包好，就有张桌子了。牛皮纸，糊住破玻璃，与隐私无关，只为稍稍减弱一点横行的风。竹床，也是借来的。搁在地上的碗筷，一夜一层尘土。这房间，地震后纵横勒满了钢筋，从来不知道，自己能带给人那么多幸福。太多了，想到又也用"家"这个字，母亲半夜都在笑着。又能回到一个窝里，把冷关在外面。多温暖呵，听着风声，在零度以下的漆黑楼道里呼啸。他远远闻见，几年后母亲猝死在那儿的厕所的恶臭，冻硬得像一块石头。

不在，才需要地理学。好肆无忌惮地写，他教自己的课本。环顾，就在学，一个逝去房间的疯狂。鬼府必须不在，才让他以一页白纸重建。必须再撕碎，地形才具备虚构的完美。他就是它：这不怕拆除的、否定性别的。一个非现实，以幻象为原版。儿子、母亲、母亲的母亲，复制着同一个鬼魂。都是零。零乘无限大。以一个房间为题目，倒叙出整个世界。地理学和幻象，就互相印证了。都是真的。越符合一个疯子的狂想，越接近事实。鬼故事，总铺陈一种刚刚重建完毕的美丽——看时针飞转，截着毁灭。

七　玉琮

现在里那么多千年。

月亮破裂了。谁看见这破裂的过程，就被疯狂选中。倚着小窗看，磨损缓慢得逼人。就在那儿，开始，一大块冰冷的静，反衬出大教堂的圆顶，高耸突兀的，白天蒙着铜绿，此刻漆黑，凹进去，因为天空蓝得发亮。一片与自然无关的宝蓝，更像与人手有关的，我在东方古老的丝织软缎上见过。丝丝缕缕的光，犹如微微爆破的闪电，平行流窜。巨石有钟面那种静。坍塌，发生时几乎难以察觉，嚓嚓声就隐隐传来了。那掠过的，什么都没触动，月亮却已不再是昨夜的月亮了。它被换成今夜这枚，边缘出现一个小小的棱角。某位金匠，轻轻一锉。缺口那一侧，又在挨近眺望的眼睛这一侧。我的小窗，一只干干净净的框子，才注意到，画面上布满越来越密集的裂纹。星星更亮了。同一页地平线，不知疲倦地翻过去。我下面，城市依次降低，烟囱的田垅伸向远处，黑暗开阔如一个实体。破裂的内涵，慢慢被加工得更锋利：月亮，快像我要的了，一把金锄头，凌空劈下。屋脊上，瓦片哐哐震动。

什么不是延续千年的？

我得感谢，能看的幸运：其实只是影子，薄薄的没有质地的东西，在没有质地的空间滑动。舔到哪儿就含住哪儿。最精致的吸盘，泡沫四溢。湿湿的侵入，温柔得像吞咽。月亮，认不出来时，并不是没了。我看着薄膜，渐渐从它表面长出，包裹。一团怪异的暗红色，像依稀透明的喉管中，一颗葡萄被剥掉了皮，裸露出肉，颤巍巍的晶体。不是别的，天上一块玉琮在沁血。那古往今来惟一一块,也是埋在地下的、陪葬的。把天空的高度,换算成墓穴的深度,就能清晰读出月亮周围的死者,都翩翩然形同月光。其实,只是血,从月亮里面一点点渗出。我看见了,月亮在吸血。变得松软,肿起来,像悬挂的沼泽。地下千年万年发生的事情,就这么显现于一刻。腐蚀到骨髓里的疾病,把我从视线到瞳孔狠狠抽空。怪谁呢?全部厄运,正在于我能看,并看见了。

哪一个现在?

洞悉那不是别人的影子,再一次太晚了。每一个人的孤独,都是死后才被确认的。得死多少次,才学会倚着一扇小窗看:我们能够多么黑暗。就是这把椅子,坐上去嘎嘎响。熄灭的壁炉边,孩子们的玩具乱扔了一地。街,隔着灌木丛空空如也。都像一颗一颗黑暗中的彗星。彗尾们捆成一束,被挥动,横过太空扫向月亮。几十万公里,一个无关紧要的词。让我们体验,生前没有的伟大的感觉。至少这一次,投影比它的实体更真实:我们遮住的光,证实我们在。而我们行走、呼吸、笑,都迫使黑暗移动。没有锚的漂。窗台、竭力向前探出的身体、一眨不眨的眼睛,都在飘。暗暗发亮的假牙,保持着被我们忘记的速度。光年,另一个无关紧要的词。太大了,足以被忽略。累,来自重复过太多的生之后,又重复太多的死。孤独,被确认时,已既非生亦非死。一种贯穿石头的黑暗,比每张脸鲜明百倍,在身后拖着我们。磕磕碰碰地,跌入虚空中的轨道,偏离不了虚无那个目的。

"……古老、野蛮的美"。

我们的节日,早已习惯了破裂。对分别的眼睛而言,哪一枚月亮不是灾难的征兆?躺在沙发上看,用一架老式望远镜,把夜空变成银质的,到处弥漫着闪闪烁烁的颗粒。到处,就是说,那不止是想象:映入这双眼睛的环形山、网状的线条、雪原似的平面、斑驳象形的阴影,也会映入另一双。借助死亡那么远的距离,我们的眼睛成了同一双?同一个虚拟,看到什么,就慢动作地摔着什么。分别与重逢,本来就是月亮摔所有眼睛的游戏?这节日,古往今来,一年一度地嚼,一个团圆的、甜蜜的可能性。嚼烂了,咽下去,再次成为不可能。两个名字,借用一刹那,谁会以为疼痛将因此增添什么?两件躯壳的陶土器皿,盛满水又倒空,无非保有一滴不剩的完整饥渴。被痛苦这样再使用一次,已由衷满足了,与故事们讲述的毫无区别。倒叙,在终点,返回秋天最静的满月——被亿万吨雪白的月光砸中时,忍不住的可怕骚动,涌出每一头野兽心里血里。嗥叫,长长掠过。我们躺下,思念,跟自己挣扎。绕不过去时,又盯住下一次节日下一个分离。这古老、野蛮的,雪白的毒酒香甜如奶,碰碎自己这只杯子前,我们一再啜饮。因为,除此以外,没有其他的美。

挽歌挽留着。

鬼魂的汪洋大海,在下面,也在上面。星光,亮得怕人,来自上面和下面。赤着脚走,一条舌头把我们舔净,沙滩不存在。百万枝点燃的蜡烛,从四面八方升起,俯视碎石似的人体。我们倒挂在空中,感到光一寸一寸穿过。水草和鳗鱼,纠缠着骨头,皮肤不存在。暴露,只有暴露到连血肉也没有,才彻底。就像房间,建造成无顶的,才完美。如果不懂,呼吸的深度其实层层透明,恰似漆黑海浪的深度,这一个叠入那一个，怎么把一个人翻译成一块大理石残片、一座废墟翻译成一场月蚀？我们和母亲，怎么睡在、梦游在、旋转在一枚玉琮里？每个分手的日期，加入消失的清冷，温暖着消失者。时间不存在。这是海岸、一小块现实；又是水、缆绳系不住的涛声。我们零零星星的片段，从亲人们的幻象切下，甚至没有厌倦。一种苛刻的爱好，把自己用大头针钉在黑暗的留言牌上，努力争取被厌倦。漫步于石质的星际，鬼魂无须空间，只一丁点空，满满充斥着夏夜。

性一样痉挛的宇宙。

慢慢抵达又一个冥想之夜。窗户习惯了，让一个人在旁边冥想。在冥想中，移至窗外，成为银白景象的一部分。我看着，月蚀的月亮，移到屋内。玉琮，斑斑点点地握在手中，用不着放大多少倍，就能认出，一幅人类的肖像。比一个人简单得多，它描绘我们全体。阴影，吞下、又吐出一座座房子。整条大街，跟随天上那枚旋钮，微微调整一种亮度。孩子们在梦中也感到，夜空由远而近的痉挛。黑暗的躯体，围绕一个会收缩的器官。母性的。因为一次遮掩，反而加倍袒露了？柔软而夺目，在威胁中颤抖着。慢到静止时，最刺激最紧张。那圆心，一口井在充血。树叶镂空的间隙，展览血腥味。停顿，在这里。玉琮，在古往今来母亲们被把玩之处，分享一眼洞穴。摊开，容纳一根白骨拼命搅动。会分娩的，死亡都永不匮乏。泄出来，屋顶上万顷银光，怎么看，都像墓碑间蹦蹦跳跳的磷光。海泛滥，只有视野尽头，却没有岸。什么也拦不住了。铸铁的水泥的栏杆，嘎嘎作响。都钉在原地，又被一场隐身的洪水远远冲走。我们漂浮，房间就无所谓上一个下一个;每天早上,信嗅着地址的这一个;父亲馈赠玉琮的那一个;说到底,都是某一个,越描写细节越重建不了的。有一间屋子就能悬挂一幅"鬼府"。而没有屋子,我们从未搬出同一座鬼府。但为什么要搬出?留在最深处最好了:躺在呼吸那么深的,被鬼魂们亲热搂抱着;不怕眺望的,五指间精液不停白花花溢出。"共时"攥紧人类,甚至不在乎我们什么时间冥想。事实上,我们的想,从没有不同时间。都在这儿,什么都漏不掉,比被昨天漏掉,更残酷。刀扎在自己身上,疼却重复别人的名字。玉琮中那摊污血淤积千年,才达到,倚在窗口被抽干的恐怖。月蚀盛大的性交,用天空繁衍我们的形象:连一夜都不配。浪费再多的千年,仍只是半夜。永无止境地,依傍着星星冷冰冰的尸首,成为,存在的下限。

而存在没有下限。

有的只是距离:眺望的距离,不在故乡与异乡之间,仅仅在这个异乡与那些异乡之间。坐在这儿,我总会问:哪儿不是这儿?逃,我那么热衷的,无非一再创造分别的形式。而不逃,正意味着接受分别的事实。终于,眼睛不再折磨自己,那被眺望的,不多不少,正是应该望不到的。距离,不在异乡与异乡之间。它惟一在,每一个异乡之内。那再逃,谁能逃到自己肉体起源处,宇宙没有理由,就自黑暗某一点猝发的那场大爆炸?肉体炸得七零八落的碎片,仍在这一点,被急速掷出。谁都在路上狂奔,向着四面八方,将被关掉似的一片彻底死寂。等宇宙返回的,只不过一个"黑暗问题"。合上眼帘就感到了,云朵犹如夜空中巨大的水果低垂,内脏的礁石间浪花纷飞。我的手那么笨拙,摸不到距离的负数时,向自己证明了自己的无能为力。一个汪洋大海，太近了，死去的亲人们，淹没我自己这个异乡。用黄土下的房间，令月蚀过不去。那无时无刻不在渗出的阴影，保持着沼泽使人灭顶的深度，总刚刚够灌进喉咙，塞住一声呼喊。即使没人不知道，这处境太普遍了：街上拥挤的人群，都是黑暗发明的意象，一次性展示出千年万载的月蚀。又怎么样？连静悄悄的午夜，也是切开、剁碎的。现在，被钉进"现在"这个词的棺材，一场屠杀就有了最具体的形式。我就无法告诉同命运的人们，怎样坠入那个洞口，觉得口腔里，第一只蛆蠕动起来，慢慢爬。失眠者空空的眼眶里，瞪着另一种语言。只有身边这只玉琮，能把饥渴传递下去。我自己也会加入的一整块黑暗玉琮，不知疲倦地继续结晶。谁就都孤独地听到，整个宇宙一派畅饮。难怪这天空总呈现紫色，大爆炸隆隆持续的颜色。一种被共时准确命中的历时：每一刹那举行一场血祭；而一滴加一滴的血，使仅有的一滴越来越浓，灌溉着石头。于是，所有历时不得不回归共时：许多一生，无限逼近地去弄懂，一行诗预先写下了什么？鬼魂们指点着，惟一逾越距离的方式，一边远远出海，一边被倚在岸边的自己眺望，一次死于无数末日——当满月硕大暗红，悬在肉砌成的窗台上，仍，无所谓陨落。

附录：杨炼创作及出版年表

创作年表

一九七八——一九七九年：《土地》，诗集。

一九七九——一九八一年：《太阳每天都是新的》，大型组诗。

一九八一年：《海边的孩子》，散文诗集。

一九八二——一九八四年：《礼魂》，大型组诗。

一九八四年：《西藏》，组诗。

一九八五年：《逝者》，散文诗三章。

一九八五年——一九八九年：《𝐘》，长诗。

一九八九年：《面具与鳄鱼》，组诗。

一九九一年：《无人称》，1982—1991短诗自选集。

一九九零——一九九二年：《鬼话》，散文集。

一九九二年——一九九三年：《大海停止之处》，短诗集。

一九九四年：《十意象》，散文十章。

一九九四年——一九九七年：《同心圆》，长诗。

一九九八年——一九九九年:《十六行诗》,短诗集。

一九九九年:《那些一》,长篇散文。

二零零零年:《幸福鬼魂手记》,组诗。

二零零零年:《骨灰瓮》,长篇散文。

二零零一年:《月蚀的七个半夜》,长篇散文。

二零零零——二零零二年:《李河谷的诗》,短诗集。

二零零三——二零零四年:《艳诗》,短诗集。

二零零五——二零零九年:《叙事诗》,长诗。

二零一零——二零一二年:《饕餮之问》,短诗集。

二零一三——二零一五年:《空间七殇》(七组诗)。

出版年表

一九八五年

《礼魂》,诗选,西安,中国青年诗人丛书。

一九八六年

《荒魂》,诗选,上海,上海文艺出版社。

一九八九年

《黄》,诗选,北京,人民文学出版社。

《人的自觉》,论文,成都,四川人民出版社(因故中止)。

《朝圣》,德译诗选,奥地利因斯布鲁克,Hande出版社。

《与死亡对称》,中英文对照诗选并作者朗诵录像,澳大利亚堪培拉,澳大利亚国立大学出版社。

一九九零年

《面具与鳄鱼》，中英文对照诗选，澳大利亚悉尼，悉尼大学东亚丛书，Wild Peony 出版社。

《流亡的死者》，中英文对照诗选，澳大利亚堪培拉，Tiananmen 出版社。

一九九一年

《太阳与人》，长诗，长沙，湖南文艺出版社。

En De Rest Ven De Wereld，中荷对照诗选，荷兰鹿特丹国际诗歌节出版系列。

一九九三年

《诗》，德译诗选，瑞士苏黎世，Ammann 出版社。

一九九四年

《㞳》，长诗，台北，现代诗丛书。

《鬼话》，散文集，台北，联经出版事业公司。

《人景·鬼话》，诗文集，北京，中央编译出版社（与友友合著）。

《无人称》，中英对照诗选，英国，Wellsweep 出版社。

《面具与鳄鱼》，德译诗选，德国 DAAD 丛书，Aufbau 出版社。

一九九五年

《鬼话》，德译散文集，瑞士苏黎世，Ammann 出版社。

《大海停止之处》，中英文对照组诗，英国，Wellsweep出版社。
《中国日记》，中德文对照诗歌与照片合集，德国，Schwarzkolt & Schwartzkoft出版社。

一九九六年
《大海停止之处》，德译诗选，德国斯图加特，Schloss Solitude丛书。
《大海停止之处》，丹麦文翻译诗选，丹麦哥本哈根，Pplitisk Revy出版社。

一九九八年
《杨炼作品1992—1997》（诗歌卷：大海停止之处；散文、文论卷：鬼话、智力的空间），上海，上海文艺出版社。

一九九九年
《大海停止之处——新作集》，中英文对照诗选，英国，Bloodaxe出版社。本书获一九九九年度英国诗歌书籍协会推荐翻译诗集奖。
《大海停止之处》，意大利中文对照组诗，意大利佩斯卡拉，Flaiano国际诗歌奖获奖者丛书。

二零零零年
《死诗人的城》，CD-Rom并附中英文文本、朗诵及采访，德国路德威格莎芬，Cyperfiction出版社。

二零零一年

《月食的七个半夜》,散文集,台北,联合文学丛书。

《流亡使我们获得了什么?》,德译本,高行健、杨炼长篇对话,德国柏林,DAAD丛书。

《流亡使我们获得了什么?》,意大利文译本,高行健、杨炼长篇对话,意大利米兰,Medusa出版社。

《YI》,中英文对照长诗,美国洛杉矶,Green Integer出版社。

《河口上的房间》,中法文对照诗选,法国圣拿萨尔,M.E.E.T.出版社。

二零零二年

《幸福鬼魂手记》,英译诗选,香港,Renditions Paperback丛书。

《面具与鳄鱼》,中法文对照诗选,法国第戎,Virgile Ulysse Fin De Siecle出版社。

二零零三年

《幸福鬼魂手记——杨炼新作1998—2002》(诗歌、散文、文论集),上海,上海文艺出版社。

《杨炼作品1992—1997》(诗歌卷:大海停止之处;散文、文论卷:鬼话、智力的空间),上海,上海文艺出版社。(再版)。

二零零四年

《大海停止之处》,法译诗选,法国巴黎,Caracteres出版社。

《流亡使我们获得了什么?》,法译本,高行健、杨炼长篇对话,法国巴黎,Caracteres出版社。

《大海停止之处》，意大利、英、中文对照诗选，意大利米兰，Libri Scheiwiller出版社。

二零零五年
《幸福鬼魂手记》，日文翻译诗选，日本东京，思潮社。
《同心圆》，英文翻译长诗，英国，Bloodaxe出版社。
《大海停止之处》，低地苏格兰文翻译诗选，苏格兰爱丁堡，Kettillonia出版社。
《水手之家》，"水手之家"诗歌节文献本，六种原文对照英译，杨炼主编并序，英国，Shearsman出版社。
《YI》，中英文全文朗诵长诗《亻乁》，一套四张CD，澳大利亚悉尼，Joyce出版社。

二零零六年
《幻象中的城市》，英译诗文集，新西兰奥克兰，奥克兰大学出版社(AUP)。

二零零八年
《艳诗》，诗集，山东，《谁》诗刊。
《骑乘双鱼座——五诗集选》，中英文对照诗选，英国，Shearsman出版社。

二零零九年
《艳诗》，诗集，台北，倾向出版社。

《一座向下修建的塔》，文论集，凤凰出版社。
《李河谷的诗》，中英文对照诗选，英国，Bloodaxe出版社。
《幸福鬼魂手记》，德译诗文集，德国，Suhrkamp出版社。

二零一零年
《雁对我说》，诗、散文、文论自选集，香港，明报月刊出版社（世界当代华文文学精读文库）。
《雁对我说》，诗、散文、文论自选集，新加坡，青年书局（世界当代华文文学精读文库）。
《幸福鬼魂手记》，法译诗文集，法国巴黎，Caracteres出版社。

二零一一年
《叙事诗》，长诗，北京，华夏出版社。

二零一二年
《唯一的母语——杨炼：诗意的环球对话》，对话集，上海，华东师范大学出版社。
《玉梯》，英译当代中国诗选，英国，Bloodaxe出版社（杨炼与英国诗人W. N. Herbert等共同主编）。

二零一三年
《同心圆》，德译长诗，德国慕尼黑，Hanser Verlag出版社。
《叙事诗》，中文长诗，台北，联经出版公司。
《眺望自己出海》，中文诗选，台北，秀威资讯科技股份有限公司。
《大海停止之处》，中文、斯洛文尼亚文对照诗选，斯洛文尼亚，

Beletrina出版社。

《大海的第三岸》,中英诗人互译诗选(中英文对照),英国,Shearsman出版社(杨炼、英国诗人W. N. Herbert主编)。

《大海的第三岸》,中英诗人互译诗选(中英文对照),上海,华东师范大学出版社(杨炼、英国诗人W. N. Herbert主编)。

البحـــر يتوقّفُ حيث (大海停止之处),2014,大马士革—贝鲁特,Dar Attakwin出版社。阿拉伯译文诗选。

二零一四年

《饕餮之问》,精选组诗、诗歌新作及译诗集,南京,江苏文艺出版社。

二零一五年

《周年之雪》,诗文选,北京,作家出版社。

《杨炼创作总集1978—2015》(九卷本),诗、散文、文论、对话、翻译精选,上海,华东师范大学出版社。

《发出自己的天问》,诗文集,台北,秀威资讯科技股份有限公司。

图书在版编目(CIP)数据

杨炼创作总集:1978~2015. 第6卷,月蚀的七个半夜:散文集/杨炼著.
--上海:华东师范大学出版社,2015.9
ISBN 978-7-5675-4140-5

Ⅰ.①杨… Ⅱ.①杨… Ⅲ.①中国文学-当代文学-作品综合集②散文集-中国-当代
Ⅳ.①I217.2②I267

中国版本图书馆CIP数据核字(2015)第227650号

华东师范大学出版社六点分社

企划人 倪为国

本书著作权、版式和装帧设计受世界版权公约和中华人民共和国著作权法保护

杨炼创作总集 1978—2015(卷六)
月蚀的七个半夜:散文集

著　者	杨　炼
策划编辑	王　焰
责任编辑	倪为国　古　冈
责任校对	王寅军
封面设计	何　旸
出版发行	华东师范大学出版社
社　址	上海市中山北路3663号　邮编200062
网　址	www.ecnupress.com.cn
电　话	021-60821666　　　　　行政传真　021-62572105
客服电话	021-62865537　　　　　门市(邮购)电话　021-62869887
地　址	上海市中山北路3663号华东师范大学校内先锋路口
网　店	http://hdsdcbs.tmall.com
印刷者	上海盛隆印务有限公司
开　本	890×1240　1/32
插　页	1
印　张	8
字　数	160千字
版　次	2020年6月第1版
印　次	2020年6月第1次
书　号	ISBN 978-7-5675-4140-5/I·1436
定　价	68.00元
出版人	王　焰

(如发现本版图书有印订质量问题,请寄回本社客服中心调换或者电话021-62865537联系)